KB195739

산기슭에서, 나 홀로

산기슭에서, 나 홀로

우에노 지즈코 지음 / 야마구치 하루미 그림 / 박제이 옮김

청미

산기슭에서, 나 홀로

STORIES

STORY 1

코로나를 피해 산속에 살다

대도시의 코로나 확산을 피해 지방으로 거처를 옮기는 사람들이 생겨나기 시작한 뒤 계절이 네 번 바뀌었다. 일본 전국 일제 휴교 요청이 시작된 시점이 작년 2월이니, 2년 차에 접어든 것이다.

내가 코로나를 피해 야마나시현(山梨県) 야쓰가타케(八ヶ岳) 남쪽 기슭에 있는 산속 집으로 온 지 1년쯤 되었다. 산속에 집을 지어놓기를 정말 잘했다 싶다. 아파트를 전전해온 내가 태어나 처음 지은 집이다.

30년 전, 먼저 야쓰가타케 남쪽 기슭에 정착한 친구가 제안했다.

"올여름 내내 영국에서 보낼 예정이라 집이 비는데 그동안 우리 집에서 지내볼래?"

갈수록 심해지는 도쿄의 더위에 지칠 대로 지쳐 있던 터라 옳다구나 싶었다. 고작 여름 한 철 지냈을 뿐인데 완전히 빠져들고 말았다. 농가 마당에 조촐하게 마련된 채소 시장에서 사 온 신선한 채소를 마음껏 먹었더니 여름 한 철 만에 온몸의 세포가 완전히 새로워진 듯했다. 그 여름의 끝, 나는 근처 부동산으로 달려갔다.

　야쓰가타케에는 '별장족'과 '정주족'이 있다. 정주족 중에는 수도권에 있는 집과 야쓰가타케의 별장을 오가며 '두 집 살림'을 하다가 삶의 축이 점차 산속 집으로 기울어서 어느새인가 주민 등록까지 해버렸더라는 사람도 있다. 자기 집을 선뜻 내어준 친구에게 이 주변에 집을 짓는 이들은 어떤 사람들이냐고 물었더니 이런 답이 돌아왔다. "음, 수도권에 집 짓기를 포기한 사람들이지." 그야 그렇겠지.

　친구 집에 살면서 덤이 생겼다. '친구의 친구들'이라는 인맥이다. 친구란 참 고마운 존재여서 일단 신뢰 관계가 생기면 또 다른 친구를 소개해준다. 그렇게 땅을 사기 전에 그곳에 정주한 사람들과 가까워질 수 있었다. 그들은 나에게 자신이 지닌 것 중 가장 좋은 걸 선뜻 내주었다. 바로 '인맥'과 '정보'다. 덕분에 땅을 사기 전에

다양한 아이디어와 정보를 얻을 수 있었다. 겨울에도 살 생각이라면 해발 고도 1,000미터를 넘지 않는 게 좋다, 텃밭을 일구고 싶다면 700미터보다는 낮아야 한다, 야쓰가타케 남쪽 기슭은 크고 작은 샘물이 많아서 지하수가 풍부하지만 습지는 집 짓기에 좋지 않다, 습지인지 아닌지는 식생을 보면 알 수 있다, 호두나무가 많은 곳은 습기가 많으니 피해야 한다, 등등. 건물이나 설비에 대해서도 마찬가지였다. 그냥 난로보다 화목 난로가 압도적으로 좋다든가, 이층집이니 1층부터 2층까지 가운데 공간을 뚫어두면 온기가 온 집 안에 퍼져서 밤에 잘 때 따뜻하다든가.

건축 기간에 여러 번 현장을 보러 갔는데 그때도 친구의 친구 별장 신세를 졌다. 언제나 정리 정돈이 잘되어 있고 부엌도 반짝반짝 윤이 나는 '깔끔쟁이'의 집이었다. 그래서 올 때보다 더 깨끗하게 치워놓고 가야 한다는 부담이 있었다. 지금 생각해보면 그렇게

깔끔한 사람이 내게 열쇠까지 턱 맡기고 그저 내 집이다 생각하고 편히 지내라는 말까지 해준 것이 놀랍고 고맙기 그지없다.

일본의 대학교 교원에게는 긴 방학이 있다. 여름 방학, 겨울 방학, 봄 방학이다. 생각해보면 이 일을 하게 된 덕분에 학생 시절 이후 여름 방학이 있는 삶을 이어갈 수 있었다. 긴 휴가에는 산속 집에서 지내는 것이 당연해졌다. 그 전까지는 거의 매년 여름 해외에 나가 있었는데 산속 집에서 지내면서는 완전히 '집순이'가 되었다. 해발 고도 1,000미터에 있는 산속 집은 냉방이 필요 없고 밤에는 산에서 냉기가 내려오기에 푹 잘 수 있었다.

코로나 사태 이후로는 줄곧 이 산속 집에 머무르게 되었다. 그 전까지는 한 달에 두어 번 도쿄에서 산속 집을 다녀가는 식이었지만 거꾸로 한 달에 몇 번쯤 산속 집에서 도쿄로 나가곤 했다. 급기야 긴급 사태가 선언되고 '광역 자치 단체의 경계를 넘는 이동은 자제해달라'는 호소가 나오자 이동은 더욱 줄었다.

이곳 산속 집에서 봄 여름 가을 겨울의 계절 변화를 느긋하게 음미한다. 눈이 녹고 산속 마을에 봄이 찾아오고, 신록이 싹트고,

순식간에 여름의 녹음으로 바뀐다. 작은 새의 지저귐이 이윽고 귀를 얼얼하게 하는 매미 소리로 바뀌었다가 문득 벌레가 우는 가을 문턱에 들어선다. 눈이 멀 듯 쨍하던 단풍이 잎을 죄 떨구면 머지않아 숲이 환해지고 작은 동물들이 눈 위에 발자국을 남긴다.

코로나 사태 초반에는 전 세계의 시간이 멈춘 듯했다. 그래서인지 계절의 변화만이 시간의 흐름을 새기는 듯했다. 지난날 이렇게 무위의 시간을 즐겼던 적이 있었을까 싶을 정도로. 정부발 휴교 요청이나 자택 대기로 나뿐 아니라 모든 사람의 시간이 멈췄으므로 나만 뒤떨어진 듯한 초조함도 느껴지지 않았다. 정작 기회가 없어져버리니까 사람을 만나고 싶지도 않고 맛있는 음식을 먹고 싶은 마음도 안 생기고 번화가에 가고 싶지도 않았다. 책과 음악이 있으면 그걸로 충분했다. 코로나 사태로 힘든 시간을 보낸 분들에게는 죄송하지만, 산속 집은 나에게 최고로 행복한 시간을 선물했다. 이 책에서 그런 나의 산속 생활을 소개하려 한다.

나도 모르는 사이에 야마나시와 사랑에 빠지다…
환한 겨울을 찾아서

야쓰가타케 남쪽 기슭에서 땅을 찾아 헤맨 끝에 해발 고도 1,000미터에 있는 땅을 구했다. 그곳에 사는 친구에게 봐달라고 했더니 '여기라면 문제없다'고 했다. 지목(地目)은 산림. 키 큰 소나무 숲이 우거진 땅이라 나무를 베어내고 나무뿌리를 뽑아 땅을 정비해야만 집을 지을 수 있었다. 게다가 상수도도 하수도도 없어서 우물을 파고 정화조도 설치하고… 이런저런 인프라를 정비하느라 땅값만 쌌지 평 단가는 수만 엔 더 드는 꼴이었다. 도시에 집을 짓는 것과는 사정이 달랐다.

당시의 지명은 오이즈미무라(大泉村). '큰 샘'이라는 이름대로 야쓰가타케 남쪽 기슭은 지하수가 풍부하기로 유명해서 땅만 파면

물이 나온다고 한다. 우물 파는 업자가 갑자기 직장으로 전화를 걸어왔을 때는 정말 당황스러웠다. 지하 20미터에서 물이 나오긴 했는데 수질이 별로 좋지 않다, 더 깊게 파면 좋은 물이 나올 수도 있는데 지금부터는 1미터 팔 때마다 단가가 올라간다, 더 팔지 말지 지금 당장 결정을 해달라는 전화였다. 어쩌겠는가. 더 파달라고 답할 수밖에. 덕분에 여름에도 차갑고 맛있는 차를 마실 수 있는 지하수를 얻을 수 있었다.

야쓰가타케에는 남쪽 기슭 외에도 동쪽 기슭과 서쪽 기슭이 있다. 북쪽에는 야쓰가타케 산봉우리가 죽 이어져 있기에 기슭은 없다. 동쪽 기슭에는 '일본에서 해발 고도가 가장 높은 역' JR고우미센(小海線)의 노베야마역(野辺山駅)에 가까우며, 세존 그룹의 세이요 환경개발이 개발한 별장 지역이 있다. 세존과 일을 했던 나는 개발 당시부터 한 필지 사라는 권유를 받았지만 당시에는 별장을 생각할 만한 여유가 없었다. 서쪽 기슭에는 별장 지역으로 유명한 하라무라(原村)가 있는데 역사가 오래된 만큼 관리가 철저했다. 동쪽 기슭과 서쪽 기슭은 나가노현에, 남쪽 기슭은 야마나시현에 속한다. 나가노현은 별장 분양 규칙이 엄격해서 약 1,000제곱미터 이하는 분양할 수 없게 되어 있지만, 야마나시현은 그런 규칙 따위는 없다. 약 165제곱미터부터 분양하는 곳도 있었다. 건폐율 제한도 높이 규제도 없다. "여기에 마음껏 건물을 지으세요."라는 말을 듣고 입이 떡 벌어졌다. 나가노현은 유서 깊은 교육의 고장이니, 왠지 "주말에는 나가노에 있어요"가 "주말에는 야마나시에 있어요"보다 지적으로 들리는 기분마저 든다(웃음).

하지만 동쪽 기슭에는 석양이 없고 서쪽 기슭에는 일출이 없다. 북쪽으로 산을 등진 남쪽 경사면이 가장 살기 좋은 걸까? 야쓰가타케 남쪽 기슭에는 고대 유적이 여럿 있다. 그야 고대인도 물과 햇살이 있는 곳이 좋았겠지. 참고로 구 오이즈미무라, 현 호쿠토시(北杜市)의 표어는 "물과 숲과 태양의 고을"이다. 하나같이 공짜뿐이다. 달리 자랑하고 싶은 것은 없느냐고 꼬집고 싶어진다.

이곳에 정착한 이들에게 "봄 여름 가을 겨울, 언제가 가장 좋아요?"라고 물어본 적이 있다. 하나같이 입을 모아 '겨울'이라는 대답이 돌아왔다. 활엽수가 나뭇잎을 죄 떨구고, 낙엽송마저 바늘 같은 잎을 떨구고 나면 숲은 순식간에 환해진다. 눈은 오지만 발이 푹푹 들어갈 정도로 쌓이지는 않는다. 쨍한 냉기(영하 20도도 경험했다)가 느껴지고 뻥 뚫린 푸른 하늘이 펼쳐진다. 겨울이 이렇게 환했나 싶다. 호쿠리쿠(北陸)에서 나고 자란 나로서는 그저 신선하고 놀라웠다. 1년 중 5개월 동안 이어지는 호쿠리쿠의 겨울은 수평선이 흐려진 채로 하늘과 바다를 구별할 수 없는 납빛 경치가 이어지기 때문이다. 나중에야 안 사실이지만 이 주변은 연간 일조 시간이 일본에서 1~2위를 다투는 곳이라고 한다. 그래서 태양광 패널을 여기저기 설치하는 바람에 지역 주민과 갈등을 빚고 있는 상황이 펼쳐지는구나 싶었다.

독일 대학에서 교편을 잡았을 때의 일이다. 한 학생이 와쓰지 데쓰로(和辻哲郎)의 『풍토(風土)』를 예로 들면서, 아열대 몬순 지대라 태풍을 늘상 경험하는 일본인은 '걸핏하면 싸우려 들고 건망증이 심하다'는 말을 했다. 그 말을 듣고 '환경 결정론을 들먹이시겠다? 그러면 1년 중 다섯 달은 흐린 하늘 아래에서 살아서 독일인은 그렇게 하나같이 멜랑콜리한 거냐'고 대꾸하고 싶어졌다.

가루이자와(軽井沢)는 안개의 도시다. 친구의 별장이 그곳에 있어서 몇 번 시간을 보낸 적이 있다. 안개 속에서 황새풀이 흔들리는 풍

경은 다치하라 미치조*가 묘사할 법한 운치가 있었다. 하지만 안개 탓인지 가루이자와에 있는 오래된 별장은 낡고 어두우며 마당에도 이끼가 잔뜩 끼어 있었다. 자연 속에서 산다는 것이 반드시 시골살이를 뜻하지는 않는다. 자연 속에 살면서도 도시 생활을 맛볼 수 있는 것이 가루이자와의 매력이다. 아무튼 야쓰가타케 남쪽 기슭에는 햇살이 가득 들어오는지라 습기가 없다. 이웃 중에는 목재를 건조하기 위해 땅을 사서 이사 온 바이올린 제작자도 있을 정도다.

그리고 남쪽을 보면 후지산이 펼쳐진다. 겨울의 맑은 하늘에 또렷이 모습을 드러내는 은백색 후지산은 숨이 멎을 정도로 아름답다. 야마나시현 주민은 후지산은 남쪽에서 보는 것보다 북쪽에서 보는 게 단연코 아름답다고 주장한다. 그러고 보면 1707년 후지산이 폭발했을 때 생겨난 울퉁불퉁한 분화구는 야마나시 쪽에서는 보이지 않는다. 나 또한 어느새인가 이걸 자랑삼아 말하기 시작했다. 나도 모르는 사이에 야마나시와 사랑에 빠진 걸까?

---

* 다치하라 미치조(立原道造, 1914~1936): 일본 쇼와 시대의 시인이자 건축가. (모든 각주는 옮긴이의 주다)

꽃의 계절

해발 고도 1,000미터 산기슭의 봄은 늦다.

눈이 녹은 어느 날 불쑥 크로커스가 얼굴을 내민다. '어머, 너 거기 있었니?' 하는 놀라움이 인다. 화단 귀퉁이에는 일찍이 무스카리가 피어 있다. 그다지 손질하지 않은 정원 곳곳에 흰색, 진한 보라색, 연한 보라색 등 다채로운 제비꽃이 피어 있다. 개불알풀도 지지 않는다. 민들레가 얼굴을 빼꼼 내밀기 시작하고, 무심코 지내다 보면 뱀밥(쇠뜨기 홀씨의 줄기)이 쇠뜨기가 되어 있다. 약간 웃자란 쇠뜨기를 꺾어서 1년에 딱 한 번 조림을 만든다. 민들레 여린 잎도 꺾어서 샐러드에 넣으면 쓴맛을 더해주어 맛이 좋다.

땅만 쳐다봐서는 안 된다. 눈을 들어 위를 보면 어느 날, 고목(枯

木)이라고 생각했던 목련이 새하얀 꽃으로 뒤덮인다. 목련은 봄이 오면 가장 먼저 피는 꽃이다. 조팝나무가 봉오리를 터뜨리고 명자나무가 꽃을 피우고, 그러고 나면 층층나무도 소박하게 개화 행렬에 가담한다. 그리고 차츰 황매화나무와 개나리의 노랑이 뒤를 잇는다. 그 후에는 석남이 화려한 꽃을 빼곡이 피운다. 우리 집 마당의 하이라이트다. 허리 정도 오는 빽빽한 나뭇가지가 해마다 한 뼘씩 자라더니 어느새 내 키를 넘겨 버렸다. 지난해에 마른 꽃송이를 따주고 비료를 준 덕이다.

산속의 벚꽃은 늦다. 도쿄에서 왕벚나무가 진 후에야 산벚나무의 봉오리가 겨우 부푼다. 왕벚나무와는 달리 산벚나무는 꽃과 잎이 같이 나온다. 나무 주위가 옅은 분홍빛으로 물들기에 온몸이 미열로 달뜬 듯 보인다. 그러다가 어느 날 꽃을 활짝 피운다. 원래 집 부지에 있던 야생종을 베지 않고 남겨둔 산벚나무다. 2층인 우리 집 지붕을 넘어 매끈한 가지를 하늘 높이 뻗어 올리고 있다. 올려다보지 않으면 모른다. 그리고 어느 날, 바람이 불면 벚꽃 눈이 내린다. 옆집에는 원래부터 벚나무가 여러 그루 있었다. 그 집의 벚

꽃 눈이 베란다를 뒤덮을 무렵, 사진을 찍어서 옆집 주인에게 보내준다. 그는 해마다 봄이 오기를 고대하건만 건강이 좋지 않아 거의 오질 못한다.

산속 집을 불규칙하게 오가다 보니 계절을 놓치기도 한다. 작년에는 쇠뜨기를 못 먹었다. 꽃의 계절 다음은 산나물의 계절인데, 눈독을 들였던 두릅은 어느새 자취를 감췄다. 되도록 산속 집에서 빠짐없이 계절을 즐기고 싶지만, 일도 해야 하니 좀처럼 시기가 맞질 않는다.

벚꽃 시즌은 짧다. 마루야마 공원(円山公園)의 올벚나무나 고엔노사쿠라(高遠の桜), 당연히 고향에 있는 와니쓰카노사쿠라(わに塚の桜)도, 기요하루 예술촌(清春芸術村)의 벚꽃도 보러 갔다. 평생 딱 한 번이라도 좋으니 꼭

보고 싶은 벚꽃은 아오모리현(青森県) 히로사키성(弘前城)의 벚나무다. 그것도 '꽃잎 뗏목'이라 불리는, 벚꽃잎이 해자의 수면을 빈틈없이 메운 광경을 직접 보고 싶다. 요새는 개화일이 점점 빨라져서 미리 일정을 세워도 일정대로 꽃이 핀다는 보장이 없다. 나와 비슷한 세대의 할아버지들이 자동차를 타고 일주일 동안 벚꽃 전선과 함께 북상하는 드라이브 투어를 한다는 말을 들었다. 최종 목적지가 히로사키(弘前)라고 했을 때는 너무 부러워서 분한 마음까지 들었다. 정년퇴직한 사람의 특권이겠지.

그래도 산에는 산만의 필살기가 있는 법. 늦었다 싶을 때는 차를 달려서 더 높은 곳으로 가면 된다. 하계(下界)의 벚꽃이 다 지고 이파리만 남을 무렵, 높은 지대에서는 아직 단단한 봉우리를 볼 수 있다. 높은 곳으로 올라갈수록 개화 상태를 그러데이션으로 감상할 수 있다. 눈이 다 녹아 사라진 스키장까지 가면 아직 싹도 나지 않은 이른 봄의 정취가 가득하다. 아주 조금 고도를 바꾸기만 해도 계절을 거스를 수 있는 데다 차창 밖으로 계절의 변화를 온전히 느낄 수 있다.

산속 마을 주민 중에는 정원이 자랑거리인 사람이 몇 명 있다. 그중에는 잘 손질된 정원 끝으로 정상에 순백의 눈이 쌓인 후지산이 위용을 드러내는 집이 있다. 봄이 되면 땅에는 튤립과 수선화가 흐드러지게 피고, 산울타리인 개나리가 꽃을 피우고, 올벚나무가 잔디 깔린 정원을 장식했다. 이럴 때는 차경(借景)을 해야 한다. 햇살 좋은 봄날이면 도시락을 싸서 "실례합니다" 하며 그 집을 방문한다. "들어오세요" 하면 "아니에요. 정원만 잠시 빌리러 왔어요"라며 거절하고는 남의 집 정원에서 도시락을 펼친다. 같은 음식이라도 왠지 밖에서 먹으면 더 맛있다. 정원 일이 얼마나 한없이 일손을 필요로 하는지 알기에 내 손으로 굳이 정원을 손질하기보다는 다른 사람이 정성을 쏟은 정원을 음미하는 게 제일이다. 어찌 보면 뻔뻔한 짓이지만, 그저 정원이 자랑스러운 집주인은 나를 반겨주었다.

그 정원 주인도 더는 이 세상 사람이 아니다. 손질이 잘된 정원이었건만 사람 손이 닿지 않으니 금세 황폐해지고 말았다. 다른 사람 손에 넘어갔다고 들었는데, 그 정원은 지금 어떤 모습일까?

가드닝파와 텃밭파

이곳 산속 마을에 정착한 주민은 '가드닝파'와 '텃밭파'로 갈린다. 한마디로 '눈으로 즐기는 사람'과 '입으로 즐기는 사람'의 차이다. 관찰해본 결과, 이유는 알 수 없지만 이 둘은 양립하지 못한다. 가드닝파는 자기 집 정원 한쪽을 텃밭으로 삼으려는 생각 따위는 전혀 없어 보이고, 텃밭파는 자기 집 텃밭에만 만족하지 않고 지역 농가에서 농지를 빌릴 정도로 농사에 여념이 없다. 여름철 수확량은 부부 둘이서 소화하기에는 너무 많으므로 이웃에게 나눠 주기도 한다. 그들은 땅을 일구고, 이랑을 만들고, 멀칭을 해서 모종을 키운다. 이런 텃밭의 경치와 계절 꽃을 즐기는 플라워 가든은 아무래도 서로 거리가 멀다.

나로 말하자면 가드닝파다. 아니, 가드닝파였다. 과거형으로 말하는 이유는 너무 손이 많이 가는 데 질려서 정원을 거의 방치하고 있기 때문이다. 텃밭은 더 일찍 포기했다. 한때 친구와 밭을 빌려서 텃밭 농사에 도전한 적은 있다. 하지만 2주에 한 번 정도 들르는 게으른 농부였던 탓에 작물이 자라는 속도가 잡초의 속도를 따라가지 못했다. 도저히 못 참고 결국 제초제를 쓰고 말았다. 게다가 아마추어가 기른 채소는 토마토도 오이도 볼품없을 뿐 아니라 맛도 없다. 야쓰가타케 남쪽 기슭에는 이곳저곳에 지역 시장이 열리고, 출품자의 이름이 적힌 채소를 판매한다. 농가 마당 한편에 구매자가 돈을 놓고 가는 무인 상점을 마련해둔 곳도 많다. 직접 먹어보니 내가 기른 채소보다 훨씬 맛있다. 프로는 정말 대단하다며 탄복했고, 괜한 경쟁은 하지 않기로 했다.

집을 짓고 몇 년은 가드닝에 빠졌다. 줄곧 도시의 아파트에 살았기에 내 땅이 생긴 건 처음이었기 때문이다. 예전에 도야마(富山)에서 강연을 한 적이 있는데, 주최자가 나중에 알록달록한 튤립 구근을 100개나 보내주었다. 튤립은 도야마의 특산품이니 그 지역 사람에게는 정성 어린 선물이겠지만 상자를 연 순간 입이 안 다물어졌다. 도시의 아파트에 사는 사람에게 튤립 구근 100개를 보내서 어쩌자는 거지? 백합 구근처럼 먹으라는 건가? 오만 생각이 다 들었다.

그랬던 내게 널찍한 땅이 생겼다. 주변에는 종묘 농가가 여럿 있어서 5월 황금연휴 때는 커다란 상자를 들고 가서 꽃모종을 한꺼번에 사 오는 게 큰 즐거움이었다. 하지만 실제로 가드닝을 시작해보니 너무 힘들고 손도 너무 많이 갔다. 일년생 꽃모종을 해마다 심어야 했는데, 그건 너무 고된 일이었다. 그러다 누군가 좋은 아이디어를 내주었다. 다년초를 심으면 된다는 것이었다. 하지만 이것도 힘들긴 매한가지. 땅과 맞는 꽃이 있는가 하면 맞지 않는 것도 있다. 크리스마스로즈는 잡초에 뒤덮이더니 어느새 자취를 감췄고, 홋카이도에 사는 친구가 정성스레 보내준 은방울꽃도 사라져버렸다. 이웃집 정원에 뿌리 내린 산야초를 이식하는 방법이 가장 좋다는 건 알았지만 막상 가져오니 그것도 일이었다. 결국 아무것도 안 하는 게 상책이라는 결론에 이르렀다.

정원을 가꾸는 일에 얼마나 손이 많이 가는지 몸소 체험해보고 절절히 느낀 탓에 다른 집 정원을 보면 얼마나 정성을 들였는지 알 수 있게 되었다. 작가인 마루야마 겐지(丸山健二)가 쓴 『아즈미노의 새하얀 정원(安曇野の白い庭)』이라는 책이 있다. 그 책을 보면 마루야마 씨가 '자신의 정원'에 얼마나 정성을 들여서 그것을 '작품'으로 승화시켰는지 잘 알 수 있다. 정원은 사람 손을 한없이 갈구한다. 그리고 잠시만 게으름을 피워도 금세 엉망이 된다.

　실은 우리 집 정원은 그쪽 세계에서는 유명한 가드닝 디자이너인 나카타니 고이치로(中谷耿一郎) 씨가 디자인해주었다. 숲속에 잔디가 깔린 공간이 펼쳐지고 그 주위를 단정한 참나무와 자작나무 몇 그루가 감싼다. 봄이 찾아왔다는 것은 만개한 석남꽃이 알려주…어야 한다, 원래라면. 하지만 자연이 무시무시한 기세로 정원을 집어삼켰다. 자작나무는 벌레가 먹어서 쓰러졌고, 화단은 주변부터 치고 들어오는 얼룩조릿대와 치열한 싸움을 벌이곤 했다. 석남꽃만이 내 키를 넘길 만큼 자라서 화려하게 봄을 장식한다. 물론 아무것도 안 한다고 했지만 그것만큼은 내버려둘 수 없다. 이듬

해에도 예쁜 꽃을 보려면 시든 꽃을 일일이 떼어내고 뿌리 주변에 비료를 주어야 한다. 내 키를 넘긴 석남꽃을 하나하나 떼어내는 것도 큰 일거리다. 전부 몇 개인지 세어보려 했는데 500개를 넘긴 지점에서 포기했다. 1,000개는 우습게 넘을 거다. 사실 블루베리도 가지치기를 해줘야 하는데…. 남의 속도 모르고 가지가 쭉쭉 뻗어 있다.

건축 잡지에 이따금 나카타니 씨가 만든 정원이 소개된다. 본인의 작품집도 있다. 그곳에 우리 집 정원이 실린 적은 한번도 없다.

반딧불이 구경

1년에 한 번이라도 좋으니 꼭 하고 싶은 일이 몇 개 있다.

죽순 구이와 송이 구이. 은어 소금구이. 산나물 튀김. 5월 황금 연휴에 도쿄에서 손님을 불러 산나물 튀김 파티를 연다. 해마다 이 걸 기다리는 사람도 있다.

먹을 것만 줄줄이 말했는데 먹는 것이 아닌 것도 있다.

한 마리라도 좋으니 진짜 반딧불이를 1년에 한 번은 보고 싶다. 옛날 사람들에게는 당연한 이런 사소한 바람조차 최근에는 요원한 일이 되었다. 예전에는 모기장 안에 반딧불이를 풀어놓고 불빛이 반짝이는 것을 즐겼다나. 도쿄의 유서 깊은 호텔에서는 넓은 일본 정원에 반딧불이를 잔뜩 풀어서 숙박객의 흥취를 돋웠다고 한다.

그 수천 마리 반딧불이는 업자가 잡은 것이다. 반딧불이의 불빛은 생식 행위인데, 알을 낳을 냇물이 없으니 덧없이 말라 죽을 수밖에 없다. 학대라는 이유라던가, 결국은 사라졌다고 들었다.

미국에 있을 때 숲속을 여유롭게 날아다니는 반딧불이를 본 적이 있다. 영어로 firefly(불벌레)다. 낭만이 없다. 게다가 북미 대륙의 반딧불이는 육지 반딧불이라서 물이 없는 곳에 서식한다고 한다. 설마 그런 곳에서 만날 줄은 몰랐지만 그래도 반가웠다.

이즈미 시키부*의 와카** 중 이런 소절이 있다.

物おもへば沢の蛍も我が身よりあくがれいずる魂かとぞみる

시름에 잠겨 보노라니, 연못 위를 나는 반딧불이도 내 몸에서 빠져나간 영혼인 듯하여라.

・　　이즈미 시키부(和泉式部, 978? ~ ?): 헤이안 시대 중기의 가인(歌人).
・・　와카(和歌): 일본 전통 시가.

묘지의 도깨비불은 무서운데 반딧불이의 불빛은 곱고, 덧없고, 그립다.

그것을 1년에 딱 한 번, 한 마리라도 좋으니까, 내 눈으로 직접 보고 싶다는 바람은 언제 이렇게 큰 소망이 되었을까. 우연히 반딧불이를 만난 해에는 올해도 반딧불이의 계절을 음미했구나, 싶어서 마음이 놓인다.

내 산속 집이 있는 야쓰가타케 남쪽 기슭에는 반딧불이를 볼 수 있는 장소가 몇 군데 있다. 그것을 잘 아는 이 지역 명인이 있다. 가로등도 없는 캄캄한 시골길, 그것도 농로를 따라가 연못가에 있는 장소를 찾아내는 것이니 보통 일이 아니다. 명인이라 부를 만하다. 해마다 초대를 받으면 앞차 뒤를 조심조심 따라간다. 막상 혼자 가려 해도 같은 곳을 다시 찾아갈 수가 없다. 헤드라이트를 비춰도 농로가 좁아서 자칫 도랑에 바퀴가 빠지기 십상이다.

명소에 도착하면 자동차 라이트는 끈다. 캄캄한 어둠 속에 이내 눈이 암순응한다. 강 저편 덤불 속에서 점멸하는 무언가를 발견한다. 가만히 보고 있으면 훅 날아오른다. 이따금 꼼짝 안 하는 빛도

있다. 반딧불이인 줄 알고 쳐다보고 있는데 멀리 있는 집의 불빛인 적도 있었다. 어쩐지 안 움직이더라니.

시간이 지나면서 점차 더 많은 불빛이 눈에 들어온다. "아, 여기도 있네. 어, 저기도 있어." 하면서 어린아이처럼 불빛을 쫓아 뛰어다니고 싶지만 길가로 떨어질까봐 그만둔다. 그러다 손이 닿을 듯 가까운 곳에 있는 풀잎에서 반짝이는 빛이 눈에 들어온다. 엄자에게 쉽게 잡힐 정도로 반딧불이는 나 좀 보라는 듯, 따라오라는 듯 존재가 쉽게 눈에 띈다. 그리고 내 손에 잡힐 정도로 움직임이 느리다. 살포시 손에 쥐고 바라보니 손가락 사이로 반짝이는 불빛이 새어 나온다.

순간 집으로 가져가서 침실에 풀어놓을까 싶은 생각도 들었지만, 그런 사념(邪念)은 버리고 원래 자리로 돌려놓는다. 손바닥에서 날아올라 손이 닿지 않는 높이까지 날아가는 반딧불이는 이 세상에서 사라진 사람 같다. 영혼의 존재 따위는 믿지 않는 나조차도 마치 고대인이라도 된 듯 신성한 기분이 든다.

지금껏 해본 반딧불이 구경 중 단연 최고는 도쿄 북쪽 교외에 있는 기요타키강(淸滝川)에서 본 반딧불이 무리였다. 수면을 가득 메운 빛의 연회에 시선을 온통 빼앗겼다. 눈이 어둠에 적응할수록 그 숫자도 늘어났다. 아무리 쳐다보고 있어도 질리지 않았다. 이 광경을 보기 위해 어둑어둑해지면 차를 북쪽으로 몰았다. 명소라고 소문이 난 모양인지 사람도 많았다. 하지만 낮의 관광지와는 달리 하나같이 고요했다. 반딧불이의 계절은 장마철과 겹치기에 하늘은 대체로 잔뜩 찌푸려 있지만 행운이 따라준다면 반딧불이에 뒤지지 않을 정도로 별이 쏟아지는 밤하늘을 볼 수 있다. 반딧불이와 별의 경연이다.

그렇게 호화로운 광경은 두 번 다시 경험하지 못하리라. 지금까지 반딧불이 명소로 유명했던 곳도 환경 변화로 점차 개체 수가 줄어들고 있다고 한다. 반딧불이가 무리 지어 춤추는 모습이 아니라도 좋다. 1년에 한 번, 딱 한 마리라도 좋으니 진짜 반딧불이를 어딘가에서 만날 수는 없을까? 그러면 올해도 잘 지나가고 있구나, 싶은 마음이 드는데.

장마가 끝나면 반딧불이의 계절도 끝난다. 어느 날 문득, 늦었다는 사실을 깨달았다. 올해도 반딧불이의 계절을 놓치고 만 것이다.

나를 반딧불이 명소로 안내해주던 명인은 이미 이 세상 사람이 아니다.

냉방과 난방

"집은 여름을 가장 우선해서 지어야 한다. 겨울은 어떻게든 버틸 수 있다."

이는 예로부터 전해 내려오는 일본의 주택 건축에 대한 가르침이다. 아열대의 더위가 찾아오는 일본의 여름은 실오라기 하나 안 걸쳐도 견디기 힘들다. 그래서 처마를 길게 만들고 통풍에 각별히 신경 쓴다. 그 대신 겨울은 외풍이 불어닥치는 곳이라도 옷만 잔뜩 껴입으면 어떻게든 견딜 수 있다는 생각이 지배적이었다.

야쓰가타케 남쪽 기슭은 해발 고도 1,000미터를 넘으면 더위를 모른다. 한낮에는 기온이 올라도 아침저녁으로는 시원하고, 특히 여름밤에 북창으로 들어오는 산의 냉기 덕에 이불을 덮어야 할 정도다. 에어컨을 싫어하는 나로서는 여름철 숙면을 취할 수 있으니 기쁘다. 하지만 야쓰가타케 남쪽 기슭도 예전 같지 않다. 몇 년 전부터 여름철 기온이 30도를 넘는 날이 1년에 며칠 이어지곤 한다. 결국 항복하고 에어컨을 들였다. 에어컨을 켜는 날은 여름 며칠에 불과하지만 그래도 에어컨이 필요할 만큼 지구 온난화가 심해졌다는 사실을 체감하게 되었다.

한편, 겨울철 추위는 장난이 아니다. "해발 고도 1,400미터를 넘으면 겨울에 힘들어요"라는 경고를 받았기에 우리 집은 딱 1,000미터로 정했다. 위치를 정하고 나니 난방을 어떻게 할지가 과제였다.

집을 지을 때 겨울철 대비를 하면 정주족이고 안 하면 별장족이다. 별장족은 겨울 따위는 신경 쓰지 않는다. 대체로 5월 황금연휴에 와서 지내다가 11월에는 물을 빼고 도시로 돌아간다. 자동차도 사륜구동이나 스터드리스 타이어 따위는 안중에 없다. 빙판길을 달리는 것조차 생각하지 않는다. 이곳 겨울이 이렇게 아름다운데… 아까워라, 하는 마음이 든다.

정주족 중에는 난방에 철저히 신경 쓴 사람들이 많다. 패시브

솔라 하우스(passive solar house)로 에너지 절약을 꾀한 사람도 있고, 스웨덴 하우스처럼 단열을 완벽하게 한 집도 있다. 대체로 북쪽 지방 사람들이 추위에 대한 대책이 철저하다. 그래서 홋카이도의 집은 한 발짝만 안으로 들어가면 따뜻하다. 처음 집을 지을 때 스웨덴 하우스도 보러 갔지만 천장이 낮고 평 단가가 비싸서 포기했다. 그 대신 투바이포(two-by-four) 공법으로 지은 수입 주택을 택했다. 가능한 한 나오고 들어가는 데 없는 단순한 형태에 단열재를 충분히 넣어 내부 공간을 넓혔다. 창문 유리는 당연히 결로가 생기지 않게 두 겹으로 했다. 나중에야 세 겹 유리가 있다는 걸 알았지만 늦었다. 이렇게 추운 곳에서 가운데 공간을 1층부터 2층까지 이어지도록 뻥 뚫으면 어쩌느냐는 말도 들었지만 거실 천장을 높인 것은 옳은 선택이었다. 집 전체가 하나의 상자 같아서 집 안이 금세 따뜻해지기 때문이다. 그뿐 아니다. 높은 천장 벽에 채광을 위해 창을 냈더니 실내가 매우 밝다. 천장이 낮은 집에 가면 대낮부터 전등을 켜고 있는 집이 많은데, 우리 집은 낮에 전등을 켤 필요가 없다. 자연광만으로 온종일 밝은 집은 기분이 좋다. 특히 겨울철에 햇살이 남쪽에서 깊숙이 들어오기에 낮에 난방할 필요가 없다.

산에 살아서 좋은 점은 화목 난로를 쓸 수 있다는 것이다. 화목 난로의 위력은 이미 정주한 사람들에게 들어서 잘 알고 있었다. 무엇보다 난로에서 요리를 할 수 있다! 온종일 주전자에서 물이 보글보글 끓고 있는 것만으로도 행복하다. 난로 덕에 겨울철에는 스튜나 조림뿐 아니라 적화강낭콩 조림을 만드는 게 큰 즐거움이 되었다. 보랏빛 적화강낭콩은 야쓰가타케 남쪽 기슭의 명산물이다. 고지대인 멕시코시티에서 가져온 압력솥으로 강낭콩을 여러 번 삶다 보니 특기가 되었다.

하지만 화목 난로에만 의지할 수는 없다. 사실 화목 난로는 엄청나게 손이 가는 귀찮은 녀석이다. 맨 처음 불을 붙일 때 요령이 필요하고 일단 불이 붙으면 눈을 뗄 수 없다. 잠시 한눈판 사이에 불씨가 꺼져가기도 한다. 무엇보다 장작을 마련하는 게 보통 일이 아니다. 살을 에일 듯한 찬 바람을 뚫고 집 밖에 있는 창고까지 장작을 가지러 가는 것도 여간 성가신 일이 아니다. 나이를 먹을수록 더 힘들어지겠지.

그래서 방마다 FF식 온풍 난로를 설치했다. 실내 온도 관리도 가능하고 타이머도 맞춰놓을 수 있다. 연료는 등유, 가스, 전기가 있는데 가격을 생각해서 등유로 했다. 200리터들이 외부 탱크를 달았더니 자주 보충해줄 필요가 없다. FF식이니 실내 공기도 탁해지지 않는다. 그런데 앞으로 석유가 없어지면 어쩌지? 그 전에 휘발유 엔진 자동차가 사라질 테니 걱정할 필요 없나? 자동차를 보고 있으면 '휘발유가 없으면 그냥 상자일 뿐이잖아'라고 외치고 싶어진다.

상수도와 하수도

야쓰가타케 남쪽 기슭에 산 땅의 지목은 산림이다.

도시에서 집을 짓는 것과는 달라서 당연히 상수도도 하수도도 없었다. 수도는 근처까지 들어와 있었지만 우리 집까지 끌어오려면 1미터당 얼마, 이런 식으로 비용이 든다고 했다. 여러 집이 모여 있다면 비용을 분담할 수 있지만 우리 집뿐이라 부담이 너무 컸다. 그래서 우물을 파기로 했다.

야쓰가타케 남쪽 기슭은 지하수가 풍부하기로 유명하다. 가까운 곳에는 관광 명소이자 '일본 명수(名水) 100선'으로 선정된 '산부이치유스이(三分一湧水)'도 있다. 다케다 신겐°이 농민 사이에 일어난 물 분쟁을 조율하기 위해 용수를 분할했다는 곳이다. 풍부한

물을 채취해서 얼음을 만드는 제빙 공장도 있고, 위스키 양조장도 있다. 파면 어디든 물이 나오고 더 깊이 파면 온천이 된다. 지하수가 땅속 마그마에 데워져서 온수가 되기 때문이다. 다만 그러려면 1,000미터 이상은 파야 한다. 지구 내부가 따뜻하다는 걸 실감하게 되는 사실이다.

　물이 풍부한 대신 조심해야 하는 것이 습기다. 그래서 골짜기나 강 쪽은 피해야 한다. 겨울에 냉기가 들어올 뿐 아니라 습기가 많기 때문이다. 땅을 구하러 다닐 때는 이미 친구가 된 이곳 주민들이 여러모로 조언해주었다. 그 덕에 경사가 완만하고 물이 잘 빠지는 땅을 고를 수 있었다. 정말 많은 사람이 조언한 것은 집을 지표면에서 떨어뜨려야 한다는 것이었다. 그래서 터를 다질 때 기초 공사를 철저히 했다. 이층집이지만 실질적으로 3층 높이다. 건물 바닥을 지면에 닿게 지은 다른 별장족 집은 비가 많이 오는 계절이면 다다미 방에 푸른곰팡이가 잔뜩 핀다. 방의 다다미를 모두 걷어내고서 어

•　　다케다 신겐(武田信玄, 1521~1573): 일본 전국 시대의 무장.

이없어하던 집주인이 떠오른다.

굴착 업자에게 부탁해서 땅을 팠다. 지하 몇 미터쯤에서 물이 나왔지만 수질이 별로 안 좋은데 더 팔지, 지금부터 파면 1미터당 단가가 비싸지는데 그래도 괜찮은지 물었지만 어쩔 도리 없었다는 내용은 앞에서 썼다. 결국 50미터 가까이 파서 질 좋은 물을 얻을 수 있었다. 이 지역 수질 검사장에 가져갔더니 잡균도 없고 위생적이라 식수로 적합하다고 했다. 이 물로 끓이면 차도 커피도 맛있다. 한때는 페트병에 물을 받아 도쿄까지 가져갔다. 우물물이라서 여름에는 차고 겨울에는 따뜻하다. 메밀국수나 소면을 삶아서 헹굴 때도 좋다. 이 물로 목욕도 실컷 하고 설거지도 한다. 아깝다는 생각이 들 정도다. 드는 비용은 우물물을 퍼 올리는 펌프의 전기 요금 정도다.

상수도가 있으면 하수도도 있어야 한다. 당연히

하수도도 없었다. 도시와는 사정이 다르다. 정화조를 파고 정화 장치를 달았다. 정화 장치를 통과한 물은 정화조의 마지막 칸인 방류조(放流槽)에 모였다가 자연스레 땅속으로 방출된다고 했다. 이 말을 듣고는 정말 놀랐다. 물론 정화조에 박테리아를 넣어서 잡균을 분해한 후 깨끗이 정화한 다음에야 방류조로 들어간다고는 하지만 아무리 내 땅이라도 소변이나 대변이 섞인 물을 그냥 땅에 흘려보내도 되는 걸까. 완만한 경사지라 우리 집 하수가 우리 집 우물에 들어갈 가능성은 없지만 우리 집보다 낮은 곳에 있는 집은 괜찮을까. 반대로 우리보다 높은 지대에 있는 집의 하수는 돌고 돌아 우리 집 우물에도 들어오는 걸까. 물론 오수가 흙 속을 통과하는 동안 불순물이 제거되고 잡균도 분해되어 깨끗해진다는 건 배워서 알고는 있다. 하지만 머리로는 알아도… 이것에 대해 이렇게 곰곰이 생각해본 것은 이번이 처음이었다. 우물을 50미터 이상 깊게 파서 다행이었다.

사람도 집도 그 안팎을 물이 흐른다. 물 없이는 단 하루도 살 수 없다. 들어간 것은 내보내야 한다. 고대 도시 유적에도 상수도와 하수도가 있다. 하지만 눈에 보이지 않는 것은 잊고 살 수 있다. 안제이 바이다*를 일약 유명인으로 만든 영화 〈지하 수도(Canal)〉에서는 주인공이 바르샤바의 지하 수도를 따라 도망친다. 화면에는 나오지 않지만 그곳에서는 엄청난 악취가 났을 것이다.

얼마 전 우리 집 정화조가 고장 났다. 업자를 불러서 점검하니 정화 장치는 간신히 돌아가고 있지만 정화조 배수구가 막혀서 물이 넘치고 있었다. 서둘러 청소도 했지만 때는 이미 늦었다고 했다. 오랫동안 정화조를 관리하지 않았다는 사실을 깨달았다. 결국 정화 장치를 바꾸고 정화조 배수구도 새로 교체했다.

그 전에는 우물물을 퍼 올리는 펌프도 고장 나서 교체했었다. 20년이라는 세월이 흐르니 기계가 못 버텨줄 뿐 아니라 고치려 해도 부품이 없다고 했다. 결국 새것으로 바꿀 수밖에 없었다. 물은 공짜라고 생각했지만 설비 투자를 생각하면 꽤 비싸다. 산속에서 사는 게 쉽지만은 않다.

• 　안제이 바이다(Andrzej Wajda, 1926~2016): 폴란드 영화감독.

벌레와의 전쟁

　건축 잡지에서 문이나 창문이 커다란 집이나 집 안과 밖이 이어진 개방적인 건물을 보면 사진에는 찍히지 않은 것을 상상하는 버릇이 생겼다. 바로 벌레다. 야쓰가타케의 집에서 사는 일은 곧 벌레와의 전쟁이다. 우리 집에도 베란다로 통하는 커다란 유리문이 있는데 방충망이 달려 있다. 멋없다고 한 소리를 들을 것 같지만 특히 여름에는 뗄 수가 없다.

　스코틀랜드의 호수에서 캠핑을 한 적이 있다. 그때 운하(雲霞) 같은 작은 깔따구 때문에 크게 고생했다. '미지(midge)'라고 했던가. 그것들은 저녁에 나온다. 위도가 높은 지방에서는 긴 저녁을 바깥에서 보내는 것이 즐거움인데, 도저히 바깥에 있을 수가 없다. 얼굴

이며 손이며 노출된 곳에는 가차 없이 덤벼든다. 방심하면 눈으로도 들어온다. 쏘인 곳이 부어오르고 몹시도 가렵다. 북극 지방이나 알래스카에도 아주 작은 먹파리 떼가 있다. 극지 지방에서 지내는 모험가의 텐트 사진을 보면 '벌레 때문에 어지간히 고생하겠구나. 사진에는 안 찍혔지만…' 하는 생각이 절로 든다.

아침과 낮은 그나마 낫다. 해가 저물 무렵에 하는 산책은 무척 기분 좋지만, 긴팔 옷이 필수다. 모기떼가 달려들기 때문이다. 저녁에 정원에서 고기라도 구워 먹을라치면 벌레에게 물리는 건 각오해야 한다. 벌레 기피제 없이는 살 수 없지만 효과가 있기는 한 걸까? 이런 건 산속 생활을 권장하는 잡지에는 없던 내용이다.

어둑어둑해져서 실내에 전등을 켜면 나방이 어마어마하게 몰려든다. 커튼을 닫아도 소용없다. 새어 나온 빛을 향해 큰 것 작은 것 할 것 없이 무수히 많은 나방이 유리창에 몸을 부딪친다. 쿵쿵.

큰 창문에는 나방이 엄청나게 몰려들기에 그 창문 근처에 실내광보다 밝은 벌레 유도등을 다는 게 어떻겠느냐고 건축 사무소 아저씨가 제안했다. 벌레 유도등이라니 이름도 잘 붙였다. 선택은 두

가지였다. 살충 효과가 있는 것과 없는 것. 살충 효과가 있는 것은 등에 벌레가 닿으면 지직, 하는 소리와 함께 타 죽는다. 그 소리를 듣고 있어야 한다는 게 끔찍했다. 마음 약한 나는 살충 효과가 없는 유도등으로 골라 달았다. 하지만 나방을 유혹하는 효과는 없었다. 여전히 수많은 나방이 커다란 창문에 부딪히는 소리가 난다. 그러면 인분 자국이 창문에 남는다. 여닫는 기능이 없는 커다란 창문은 시야가 탁 트여 있어서 기분 좋지만, 천장까지 이어지는 높은 창문을 바깥에서 닦으려면 어떻게 해야 할까. 그런 건 집 짓기 전에는 생각도 못 했다.

유도등에 모이는 벌레를 노리고 개구리가 몰려든다. 개구리를 노리고 분명 뱀도 오겠지. 자연계의 먹이 사슬이 눈앞에서 펼쳐진다.

야쓰가타케 남쪽 기슭에는 몇 년에 한 번 꼴로 벌레가 대량 발생할 때가 있다. 몇 년 전 노래기가 떼로 나타났을 때는 진심으로 공포에 떨었다. 도로라는 도로, 도랑이라는 도랑에는 길이 10센티미터가 넘는 노래기가 뒤덮고 있었다. 차로 지나갈 때 피해 갈 수 없어서 바퀴로 노래기를 짓이길 수밖에 없었다. 짓이겨진 노래기에서는 기름이 나온다. 부디 집 안으로 들어오지 않기만을 바랄 뿐이었다.

어느 해에는 송충이가 엄청나게 출현했다. 송충이는 블루베리의 어린잎을 거의 다 먹어치웠다. 나무젓가락으로 없애보려 했지만 한도 끝도 없었다.

날이 따뜻해지면 개미의 행렬이 실내로 들어온다. 꿀단지에 작고 검은 알갱이가 빼곡이 달라붙어 있는 걸 보고 흠칫했다. 정원에서 여기까지 거리가 얼만데, 대체 이걸 어떻게 찾아낸 걸까. 정말로 한순간도 마음을 놓을 수가 없다. 흰개미도 큰 적이다.

추워지면 꼽등이가 지하실을 가득 메운다. 온기를 찾아 바깥에서 들어오는 것이리라. 이 녀석은 사체가 마른 상태라 치우기는 쉽지만 몇 번을 돌려도 진공청소기의 먼지 주머니가 가득 찬다.

아, 또 하나 무시무시한 생명체를 잊고 있었다. 말벌이다. 쏘이면 쇼크사할 수도 있다. 나도 모르는 사이에 처마 밑에 커다란 집을 지어놓은 것을 전기 공사하러 온 사람이 발견했다. 흡사 예술품 같은 훌륭한 집이었지만 그대로 두면 안 된다. 멋모르는 사람이 함부

로 손을 댈 수도 없어서 업자에게 부탁해 제거했다.

야쓰가타케 남쪽 기슭에는 일본의 나라 나비인 왕오색나비가 서식한다. 왕오색나비가 이따금 정원을 찾아오고 늦여름에는 고추잠자리가 베란다를 수놓지만 인간에게 도움이 되는 벌레만 있는 것은 아니다. 자연 속에서 산다는 것은 이런 생물들과의 공존을 의미하기도 한다. 집을 짓기 전에는 아무도 안 가르쳐준 사실이다.

STORY 9

야쓰가타케의 사슴

야쓰가타케 산속 집에는 '녹야원(鹿野苑)'이라는 이름을 붙였다. 석가모니가 깨달음을 얻은 후 불법을 설파한 인도의 동산 이름이다. 애초에 신심이라고는 없기에 이유는 단 하나, 실제로 사슴이 출몰하기 때문이다. 내 멋대로 지은 이름이기에 지번이나 지명에는 없다. 주소에서 '녹야원'이라는 단어를 보면 어딘가에 있는 종교 관련 노인 시설이라고 생각하는 사람도 있는 듯하다. 녹야원이라는 이름에 걸맞게 목공에 재주가 있는 정주족 아저씨가 자작나무 나무토막으로 흰 사슴을 만들어주었다. "입구에 흰 사슴이 있으니 그걸 끼고 돌아 들어오세요." 우리 집을 처음 방문하는 사람에게 하는 말이다. 그 흰 사슴도 세월이 흐르니 썩고 말았다.

숲속에 있는 확 트인 공터는 사슴 무리가 지나다니는 통로가 된다고 한다. 그래서 우리 집 정원에서 발자국을 보곤 한다. 사슴의 생태는 알고 있었다. 수컷 지도자가 암컷 여러 마리를 거느리며 가족 단위로 이동한다. 좀 더 정확히 말하자면 암컷 집단이 만든 영역과 영역 사이를 수컷이 이동한다. 허락된 수컷만이 암컷 집단에 들어갈 수 있다. 암컷이 수컷을 고르는 모계 사회인 것이다. 영역을 이동할 때는 덩치가 크고 멋들어진 사슴 주변에 어른 사슴 몇 마리가 있다. 그리고 새끼 사슴이 그 뒤를 따라 걷는다. 혼자서 이동하는 일은 거의 없다. 작업실 창문에서 사슴이 눈에 들어올 때는 손을 멈추고 한참을 바라본다. 한 마리 뒤에는 반드시 여러 마리가 나타나므로 기다리면 사슴 무리가 때로는 천천히, 때로는 굽이 울리는 소리가 나도록 뛰면서 눈앞을 획 가로지른다. 커다란 사슴은 머리를 들고 주변을 경계한다. 지도자의 소임을 다하는 것이리라. 이따금 사슴과 눈이 마주칠 때가 있다. 야생 동물은 아름답다. 특히 사슴의 눈은 정말 아름답다.

하지만 이런 아름다운 얘기만 하고 있을 수는 없다. 밤에 차로

집에 돌아오다가 길에서 사슴과 마주치기도 한다. 라이트를 비춰도 도망가지 않는다. 사슴의 두 눈이 빨갛게 빛난다. 자칫 차로 치기라도 하면 사슴에게도 위험한 일이지만 차도 크게 파손될 것이다. 그래서 숲길로 들어서면 속도를 늦추고 조심조심 운전한다. 길에 사슴이 있을 때는 몸을 홱 날려 얼른 숲속으로 달려 들어가기를 잠자코 기다리는 수밖에 없다.

이 지역에서 농사를 짓는 사람들은 사슴을 유해 동물이라고 부르며 인상을 찌푸린다. 산림이 훼손되어서인지 사슴이 산에서 해발 고도가 낮은 마을로 내려온다. 심지어 개체 수가 늘었다고 한다. 기르는 채소를 사슴이 먹어치운다. 그 탓에 밭에는 사슴을 막기 위한 울타리를 친 곳이 많다. 보기에는 안 좋지만 작물을 수확하려면 어쩔 수가 없다.

일부 지역은 수렵이 허용되기에 사슴을 총으로 쏴서 없애는 곳도 있다고 한다. 숲속을 산책하다가 산탄총에

맞을 수도 있겠다고 생각하니 아찔하다.

녹야원도 사슴에게 당했다. 겨울이 되면 먹이가 줄어드는지 나무껍질을 벗겨 먹는다. 딱 사슴 머리가 닿을 만한 높이에서 나무껍질이 한 바퀴 벗겨져 있으면 사슴 짓이라는 걸 금세 알 수 있다. 일부러도 껍질이 벗겨진 나무는 물을 잘 흡수하지 못해서 고사한다. 곤란한 일이 아닐 수 없다. 봄이 오면 이번에는 보드라운 새싹을 먹어치운다. 정원에 있었던 원추리는 여름에 선명한 오렌지색 꽃을 피워주곤 했는데 사슴이 싹을 몽땅 해치웠다. 원추리는 사람도 나물로 먹을 정도이니 사슴 입맛에도 맞겠지. 겨우 늘어난 원추리 한 무더기가 새싹을 빼꼼 내밀었을 무렵, 사슴이 몽땅 털어먹었을 때는 나도 화가 머리끝까지 났다.

사슴뿐 아니다. 멧돼지, 너구리, 여우, 흰코사향고양이도 있다. 멧돼지는 심어놓은 감자를 죄 파헤쳐서 먹어치운다. 우리 집에서는 소중히 심었던 카사블랑카(백합의 일종) 구근을 파서 먹었다. 백합 뿌리는 고급 식재료다. 사람 입에 맛있는 것을 잘도 아는구나 싶어 감탄했다. 혹은 두더지 짓일지도 모른다. 두더지가 땅속에 길을 내면서 생기는 봉긋한 흙더미가 여기저기 남아 있다.

야생화한 길고양이도 있다. 마루 아래 사는 건 알지만 엄청나게 민첩하고 절대로 곁을 주지 않는다. 집에서 고기나 생선을 먹을 때는 남은 것을 그릇에 담아 바깥에 두는데 아침에 보면 다 먹고 없다. 흰코사향고양이나 너구리와 경쟁하는지도 모른다. 어떻게든 살아남아주었으면 하는 마음이 들어 어느새 '우리 애(內の子)'가 아니라 '남의 애(外の子)'라는 이름을 붙여주게 되었다. 파티를 하고 나면 "남의 애한테 밥 주고 올게"라고 말하며 남은 음식을 바깥에 가져다 두는 것이 습관이 되었다.

귀엽지만은 않은 것이 야생 동물이다. 하지만 야생 동물 입장에서 생각해보면 이곳은 원래 그들의 땅이었다. 나중에 살러 온 인간들에게 피해를 보는 건 오히려 동물들이 아닐까?

여름철 초간단요리

야쓰가타케에 여름이 온다.

여름은 식재료의 보고다. 야쓰가
타케 남쪽 기슭은 쌀과 메밀 외에도
다양한 채소와 과일이 많이 난다. 물
이 풍부하고 일조 시간이 길며 고산
기후이므로 일교차가 크다. 맛이 없
을 리가 없다.

이곳 야쓰가타케에도 관광지다운
세련된 레스토랑이 늘었지만 산속
집에 있을 때는 외식을 거의 안 한
다. 집에서 요리해서 먹는 것이 너무
도 즐거워서 외식이 아깝게 느껴지
기 때문이다. 이곳의 친한 이들 중에
는 먹는 것도 먹이는 것도 좋아하는
사람들이 있다. 그런 사람들은 꼭
식사에 초대해준다. 답례로 나도 그

들을 초대한다.

신선한 식재료를 먹다 보니 조리법이 점점 단순해졌다. 여름을 극복하는 비장의 레시피를 소개하겠다. 너무 간단해서 어이가 없을지도 모른다.

야마나시현은 과일 왕국이다. 초여름부터 가을에 걸쳐 버찌, 복숭아, 포도, 사과 등등이 잇달아 제철을 맞이한다. 그중에서도 특히 복숭아가 유명하다. 이 지역 사람은 솜털이 보송보송한 단단한 복숭아를 껍질째로 먹는 것을 즐긴다는 말을 들었다. 물론 나는 못 한다. 복숭아의 유명 산지인 신푸(新府)에는 선과장(選果場)이 있는데 아침 일찍부터 지방 발송을 접수하고 흠이 있는 과일을 싼 가격에 판다. 그것을 아는 이 지역 사람들은 아침 일찍부터 줄을 선다. 나도 1년에 딱 한 번 선과장까지 가서 신세 진 분들에게 이곳 복숭아를 보내는 것이 연례행사로 자리 잡았다.

아무튼 차고 넘치는 복숭아를 어떻게 할까? 보통은 잼이나 콩포트*를 만들지만 내가 요새 빠져 있는 것은 '차갑게 먹는 복숭아 포타주'다. 잘 익은 복숭아를 잘게 잘라서 요구르트와 우유를 넣어

믹서로 갈면 된다. 이걸로 끝이다. 소금도 설탕도 조미료도 넣지 않는다. 프로 요리사라면 여기에 생크림을 넣으라는 말 같은 걸 하겠지만 그런 번거로운 일은 하지 않는다. 연한 복숭앗빛으로 물든 걸쭉한 포타주를 아침, 점심, 저녁, 전채로 먹는다. '으음, 여름이구나' 하며 최고로 행복한 한때를 누린다. 매일 먹어도 질리지 않고 복숭아 품종이 바뀔 때마다 당도도 향도 색깔도 달라진다.

두 번째 초간단요리는 역시나 '차갑게 먹는 옥수수 포타주'다. 신선한 옥수수라면 생으로 만들어도 된다. 옥수수를 삶아서 알갱이를 한 알 한 알 떼어 냉동한다. 먹고 싶을 때 꺼내어 우유를 넣고 믹서로 휘릭 갈면 끝이다. 여기에도 소금이나 후추, 치킨스톡 같은 건 필요 없다. 옥수수의 단맛과 포타주의 연노란색이 어우러져 얼마나 맛있는지 모른다! 옥수수가 나는 계절에는 매일 먹어도 질리지 않는다. 최근에는 당도가 높은 고급 옥수수가 나오는 모양인데, 신선하기만 하면 그런 옥수수에 비할 바가 아니다. 품종이 개량되

• 콩포트: 생과일이나 말린 과일을 설탕시럽에 조려 만든 음식.

어 실패할 일도 없다. 두 요리 다 농도가 중요하다. 재료를 아끼지 말고 걸쭉한 느낌이 나도록 과감하게 듬뿍 넣어야 한다.

또 두 가지, 나만의 레시피를 소개하겠다. 이것도 초간단요리다. 요리라고 불러도 될지 모르겠지만.

야쓰가타케 남쪽 기슭으로 이어지는 나가노현의 가와카미무라(川上村)는 유명한 양상추 산지다. 양상추는 생으로는 많이 먹기 힘든 법이다. 익혀서 수프를 만들거나 볶음밥에 넣는 방법도 있지만 역시 그 사각사각한 씹히는 맛을 위해 생으로 먹고 싶다. 미국에 허니문 샐러드라는 게 있었다. 그게 뭐지 싶었는데 양상추의 영어 단어인 'lettuce'와 'let us alone(우리 둘만 같이 있게 해주세요)'의 발음이 비슷해서 붙은 이름이었다.

친구에게 배운 레시피다. 일단 양상추를 큼직큼직하게 찢어서 볼에 담는다. 거기에 한국식 조미김을 부스러뜨려서 산처럼 쌓이도록 듬뿍 뿌린다. 이걸로 끝이다. 조미김에는 참기름과 소금이 들어 있으니 그냥 섞어서 먹는다. 나는 여기에 아주 조금 소금과 참기름을 더한다. 이렇게 하면 커다란 볼 한 그릇 분량의 양상추를 먹을 수 있다. '나 홀로족'의 먹을거리 고민은 아무리 먹어도 음식이 줄지 않는다는 것이다. 하지만 이 레시피라면 어린아이 머리만 한 크기의 양상추가 우스울 정도로 확확 줄어든다. 굳이 번거로운 점을 말하자면 조미김을 부스러뜨릴 때 손이 기름 범벅이 된다는 것 정도다.

마지막으로 하나 더. 주키니 호박 샐러드가 있다. 주키니 호박은 호박의 일종이니 익혀 먹는 것이라고 생각했는데 이건 생으로 먹는다. 주키니 호박을 슬라이서로 얇게 저며서 넓은 접시에 쫙 펼친다. 한 개로 큰 접시 하나가 가득 찰 정도의 슬라이스가 나온다. 여기에 올리브오일과 간장을 아주 조금 두른다. 그 위에 마찬가지로 조미김을 부스러뜨려서 산처럼 올린다. 살짝 모양을 내고 싶으면 가위로 김을 잘게 잘라도 좋다. 어떻게 하든 채소가 가려질 정도로 잔뜩, 보기 좋게 올린다. 여기에는 조금 톡톡한 일본 김이 더 좋다. 손님상에 내면 대접받는 기분이 든다며 하나같이 좋아한다. 모든 요리가 맥주에도 와인에도 사케에도 잘 어울린다. 한번 만들어보시길.

쓰레기를 어찌할 것인가?
그것이 문제로다

중요한 걸 잊고 있었다. 바로 쓰레기 문제다.

인간이 생활하다 보면 반드시 쓰레기가 나온다. 단 며칠만 머물러도 쓰레기가 나온다.

산에 산다면 음식물 쓰레기는 어떻게든 처리할 방도가 있다. 음식물 쓰레기로 퇴비 만드는 장치를 설치한 집이 많다. 그냥 두면 썩으니 효소를 넣어 발효시킨다. 발효가 잘되면 포슬포슬한 갈색 흙으로 변하는데 비료로도 쓴다. 채소 찌꺼기는 괜찮다. 소금을 친 생선 가시나 껍질을 버리면 염분이 고스란히 땅으로 스며들기에 조금 주저하게 된다. 같은 이유로 염분이 강한 조림이나 장아찌를 버릴 때도 곤란하다. 깜박하고 있으면 냉장고 안에서 곰팡이가 피기 십상이다. 뚜껑을 열었다고 많이 먹을 수 있는 것은 아니다. 그런데도 혼자 살면 이런 반찬이 필요할 거라며 장아찌나 조림을 마구잡이로 보내준다.

맛있는 것을 보내주려는 마음은 고맙고 기쁘지만 어차피 보낼 거라면 생새우나 데친 꽃게 같은 걸 보내주면 얼마나 좋을까! 그런데 정말로 연말에 호쿠리쿠(北陸)에서 물 좋은 꽃게가 도착했다. 호쿠리쿠가 고향이니 게 손질법은 알고 있다. 도저히 혼자서는 다 못먹을 테니 친구를 불러 파티를 연다. 큰 접시 한가운데 게딱지를 올려놓은 후 그 주변을 집게발과 다리로 빙 두른다. 먹기 전에는 기쁨을 표현하기 위해 옆으로 걷는 동작이 가미된 '꽃게 꽃게 댄스'는 반드시 춰줘야 한다. 게딱지 안에는 내장이 가득하다. 다 못 파낸 것은 사케를 부어서 불에 올린다. 게딱지가 살짝 타면서 내는 향기로운 냄새가 퍼지면 게딱지술을 돌아가면서 마신다. 더할 나위 없는 파티다. 산속에 살아도 택배 덕에, 아니 맛있는 것을 먹이고 싶은 마음을 담아 보내주시는 분들 덕에 해산물을 맛볼 수 있다. … 아 맞다, 쓰레기 얘기를 하고 있었지.

꽃게 파티의 고민은 먹는 양보다 훨씬 많은 껍데기가 쓰레기로 나온다는 점이다. 친구가 가나자와(金沢)의 오미초(近江町) 시장에서 단새우를 잔뜩 사 온 적이 있다. 실컷 단새우를 먹고 나니 역시 새우 껍데기가 엄청나게 나왔다. 새우도 게도 방심할 틈을 안 준다. 한마디로 금세 썩은내를 풍긴다. 일부는 '남의 애'라고 이름 붙인 길고양이에게 주지만, 그렇게 귀여운 분량이 아니다. 어떻게 하나 싶어 고민하고 있는데 손님 중 한 명이 "이렇게 하면 되잖아" 하더니 느닷없이 활활 타고 있는 화목 난로에 마구잡이로 게 껍데기를 던져 넣기 시작했다. 물론 타기는 하지. 그렇지만 다음 날 재를 청소하는 건 내 몫이다.

퇴비 장치가 있다고 해서 다는 아니다. 어떻게 알아챘는지 한밤중에 동물이 와서 장치 뚜껑을 열고 음식물 쓰레기를 파헤친 흔적이 있었다. 사람 손으로 돌려서 닫는 뚜껑을 어떻게 열었지? 똑똑해라. 내심 감탄했지만 가만히 둘 수는 없는 노릇이다. 뚜껑 위에 무거운 돌을 얹어 두었지만 소용없었다. 그때부터 '미확인 야행성 동물'과의 지혜 겨루기가 펼쳐졌다. 어지간해서는 동물이 못 열도

록 천 따위로 친친 감아 두었는데 나도 못 열게 되었다. 아이고야.

문제는 플라스틱 쓰레기다. 단 며칠만 지내도 플라스틱 쓰레기가 어마어마하게 나온다. 식품 용기를 열었을 뿐인데 플라스틱 쓰레기가 나온다. 한때는 플라스틱 쓰레기만 도쿄로 가져갔다. 하지만 씻어도 씻기지 않는 플라스틱 쓰레기도 있다. 정원 소각로에서 종이와 함께 태워도 봤지만… 한참 다이옥신 문제로 시끄러울 때였다. 저온 소각로에서 플라스틱 쓰레기를 태우면 유해 가스인 다이옥신이 나온다고 한다. 그래서 그만두었다.

쓰레기 수거는 지자체의 기초 서비스 중 하나다. 이 지역에는 '지구(地区)'라 불리는 주민 자치 조직이 있어서 쓰레기를 내놓으려면 그곳에 가입해야 했다. 가입을 해도 정해진 요일과 시간에만 내놓아야 한다고. 하지만 지구에 가입하면 관혼상제도 따라온다. 괜한 부담을 피하기 위해 조의금은 일률적으로 5,000엔으로 정해놓았다고 한다. 하지만 만난 적도 없는 사람의 장례식에서 예를 표해야 한다니…. 그러니 새로운 별장족이나 정주족 중에는 지구에 가입하기를 꺼리는 사람이 많아졌다. 그래서 관공서에서 별도로 쓰레기 수거함을 설치해 누구나 자유롭게 쓰레기를 버릴 수 있게 되었다. 하지만 이것도 요일과 시간이 정해져 있었다. 분리배출도 철저히 해야 했다.

그 후 야쓰가타케 남쪽 기슭의 지자체에서 고성능 소각로를 도입했으므로 쓰레기 분리배출을 하지 않아도 된다는 통보가 왔다. 다른 집이 있는 도쿄에서는 쓰레기 분리배출에 엄격하다. 이제는 습관이 되어버려서 하지 말라고 해도 하게 된다. 분리하면 음식물 쓰레기보다 플라스틱 쓰레기가 훨씬 많다. '아, 우리는 이렇게도 석유 화학 제품을 낭비하고 있는 것인가. 곧 벌을 받을 거야.' 이런 생각을 하면서 굳이 분리한 쓰레기를 결국 다시 합쳐서 내다 버리게 되는 것이 도시인의 슬픈 습성이다.

STORY

12

책에 둘러싸여…

산속 집은 쉬기 위한 별장이 아니다. 서고와 작업실을 겸한다.

도쿄 대학교를 정년보다 일찍 퇴직했을 때, 연구실에 있는 책을 정리해야 했다. 옛 제국 대학의 낡은 벽돌 건물, 부임할 당시에는 엘리베이터도 에어컨도 없었지만 도쿄 도심에 충분한 넓이의 사무 공간을 가지는 것은 특권이라 해도 좋았다. 처음 제시된 선택지는 에어컨 없는 1층 연구실과 에어컨은 있지만 엘리베이터가 없는 4층 연구실 두 가지였다. 도쿄 대공습(1945년)을 피한 대학 건물은 관동 대지진(1923년) 후에 내진성을 고려해서 지어진 3층 건물. 그 위에 조립식으로 4층을 얹은 연구실동은 퀸셋 막사라고 불렸는데 여름에는 덥고(더운 정도가 아니었다), 겨울에는 추운(시간이 지나면 난방이 끊겨서 한기가 오싹오싹 스몄다) 365일 역냉난방 완비(웃음). 에어컨이 없는 건 상상할 수도 없었는데 들어오는 기념으로 새로 달아준다고 했다. 4층까지 계단으로 오르락내리락하는 것은 건강을 위해 각오하고 4층 연구실을 골랐다.

18년 재임 중에 연구실에 들인 책은 만 권이 넘을 것이다. 그런데 퇴직할 즈음 그 책을 모두 빼내야 했다. 책은 절반으로 줄였지만 그래도 양은 엄청났다. 퇴직할 때는 4층까지 다니는 엘리베이터가 생겼기에(그것도 휠체어를 타는 유학생을 내가 받아들였기 때문이지만) 반출은 쉬웠다. 만약 엘리베이터 없이 4층까지 이어지는 계단을 무거운 책 상자를 들고 오르락내리락했다면? 생각만 해도 식은땀이 난다.

그때만큼 산속 집을 지어두길 잘했다고 생각한 적은 없다. 아는 연구자 중에는 도쿄의 아파트를 따로 빌려서 서고로 쓰고 있는 사람도 있다. 나도 도쿄에 있는 아파트에 살지만 평 단가가 수백만 엔이나 하는 공간에 책을 둘 여유는 없다. 산속 집은 처음부터 서고로 쓸 생각으로 벽 한쪽 면에 천장까지 닿게 책장을 만들었다. 책이 쌓이면 얼마나 무거운지 잘 알았기에 기초 공사를 튼튼히 했다.

산속 작업실은 약 200제곱미터의 원룸이다. 북유럽 복지 선진국을 방문했을 때 고령자 주택의 표준 면적이 한 명당 약 200제곱미터라는 말을 듣고 나 자신을 위해 이 정도 넓이를 확보하는 것이 꿈이었다. 기본적으로 나 혼자만 쓰므로 화장실에 문을 달지 않고 개방형으로 만들어달라고 했더니 "혼자 있을 때는 괜찮아도 손님이 오면 곤란하지 않겠어요?"라는 말을 듣고 울며 겨자 먹기로 문을 달았다. 참고로 '나 홀로족'의 생활 습관을 조사했을 때 가장 고개를 끄덕였던 것은 '문을 연 채로 화장실에 들어가는 것'이었다. 남의 집에 갔을 때는 화장실이란 게 문을 닫는 거였던가 싶어질 정도다.

이 설계사는 다른 조언도 해주었다. 원래는 일반적인 산 모양의 지붕으로 할 생각이었는데 "그냥 한쪽 방향으로 비스듬한 지붕으로 하면 어때요?"라고 말해준 덕에 층고 최대 4미터라는 개방적인 공간이 완성되었다. 지붕이 산 모양인 집을 방문할 때마다 낮에도 전등을 켜둘 정도로 어둡다는 사실은 알고 있었다. 그래서 충분한 채광을 위해 천장까지 닿는 비개폐형 유리창을 달았다. 책상 주변

은 햇살의 변화에 영향을 받지 않는 북향 창이다. 여기에 피시(PC),
프린터, 와이파이(Wi-Fi)를 갖췄다. 이로써 업무 환경은 완벽히 조성
되었다.

코로나 사태로 아무런 타격을 받지 않은 것은 오직 이 덕분이다.
온라인화가 급속히 진행되더니 온라인 강의나 강연, 줌(Zoom) 회의,
종국에는 친구 모임까지, 온라인으로 못 하는 게 없어졌다. 코로나
사태 전에도 스카이프(Skype)는 이용했지만 그 무렵에는 어디까지
나 현실의 대체품에 지나지 않았다. 그런데 지금은 원격이 당연하
고 굳이 실제로 만날 필요 있느냐는 분위기가 조성되었다. 정부나
지자체에서 외출이나 이동 자제를 요구해도 지장을 받지 않는다.
아니 그보다, 여태껏 정신없이 이동했던 나날은 뭐였던가, 하는 생
각마저 든다.

나에게 이렇게까지 '집순이' 기질이 있었던가 싶어서 놀란다. 그
랬다. 어릴 때부터 '읽기'와 '쓰기'가 좋았다. 그것만 있으면 살아갈
수 있다고 다시금 확인한다. 천장까지 닿는 책에 둘러싸인 채, 이
도서관 같은 공간에서 고요히 홀로 지내는 시간이 최고로 행복하

다. 한 권 한 권의 책이 나를 각각 다른 세계로 데려다주는 도라에몽의 '어디로든 문'과 같은 것이다. 그렇다면 이 공간에는 도대체 다른 세계로 가는 입구가 얼마나 많이 있는 걸까.

그건 그렇고 문득 떠오른 건데, 내가 죽으면 이 책들은 어쩌지 싶다. 최근에는 대학교나 공공 도서관에서조차 공간이나 관리 문제로 사후 도서 기증을 거절한다고 들었다. 다치바나 다카시 씨의 책으로 가득 찬 고양이 빌딩은 그가 세상을 떠난 후 어떻게 됐을까. 다치바나 씨에게는 못 미치지만 내 장서를 어떻게 하면 좋을지 고민이다.

이주자 커뮤니티

야쓰가타케 남쪽 기슭에는 두 종류의 주민이 있다고 앞에서 말했다. 별장족과 정주족이다. 별장족은 도시와 숲속 세컨드 하우스를 왔다 갔다 한다. 일주일에 3박 4일간 도시로 '돈을 벌러' 갔다가 나머지 나흘은 별장에서 사는 사람도 있고, 왔다 갔다 하며 살다가 삶의 축이 점차 산속 집으로 옮겨와서 이곳에 정주하게 되었다는 사람도 있다. 정주족은 주민 등록을 옮긴 사람들이다.

2014년, 일본 창성회의(日本創成会議)에서 '소멸 가능성 도시' 목록을 공표하여 충격을 주었다. 이곳 야쓰가타케 남쪽 기슭은 인구가 간신히 유지되고는 있지만 유입되는 사람은 고령자뿐이다. 인구는 안 줄어도 고령화가 점점 심해지는 것이다. 이주자는 대체로 정년퇴직 혹은 조기 정년퇴직한 커플이다. 집을 지어서 오는 것이기에 지자체 입장에서는 자산세를 늘려 주는 고마운 납세자다.

산에서 살려면 커플 사이가 반드시 좋아야 한다. 차는 이동 수단으로서 꼭 필요하고, 운전을 어느 한쪽만 할 수 있으면 다른 쪽은 의지만 하게 된다. 장작 패기, 풀 베기 같은 바깥일이 많아지므로 집 안팎에서 하는 작업에 남자의 손길이 필요할 때가 많다.

야쓰가타케로 온 후로 자신의 지인들과 직접 미소˙를 담그게 된 친구에게서 '야쓰가타케 이혼' 징크스에 관한 얘기를 들었다. 그녀가 함께 미소를 담그던 커플이 차례로 이혼했다는 것이다. 붙어 있는 시간이 길면 도저히 참아줄 수 없는 상대방의 버릇도 더 많이 발견하게 되는 것일까. 그러고 보니 미국의 이혼은 장기 휴가 직후가 많다고 한다. 커플은 적절한 거리가 있는 편이 좋은 것 같다. 사실 남편은 산에 살고 아내는 도시에 살면서 이따금 아내가 주말에 찾아와서 직접 요리를 해서 먹이는 사이 좋은 커플도 있다. 그 반

˙ 미소(味噌): 일본식 된장.

대는 거의 없다. 헨리 소로의 『월든』과 같은 숲속의 생활은 아니지만, 남성은 여성보다 자연 속 오두막에서 고독하게 사는 삶을 동경한다고 한다.

아, 또 한 종류를 잊었다. 원래부터 그 땅에 사는 토박이들이다. 잊은 데는 이유가 있다. 이주해 온 사람들과 토박이들은 거의 교류가 없기 때문이다. 농업이나 사업을 하려고 생각하지 않는 한 이주민은 토박이들의 커뮤니티에 들어갈 이유도 없고 토박이들도 이주민을 자신들의 커뮤니티에 들이려 하지 않는다. 토박이들 사이에는 입회지 등의 관리나 관혼상제의 관습 등이 있는 듯하지만, 그곳에 안 들어가면 나와는 상관없는 일이다. 가장 번거로운 것은 쓰레기 처리였다. '지구'라고 불리는 무리에 들어가지 않으면 수거 대상이 되지 않았다. 하지만 지구에 속하는 것을 번거롭게 느끼는 이주민이 늘면서 관공서에서 지구에 속하지 않는 이주민용 쓰레기 수거장을 마련해주었다. 배출 요일과 시간은 정해져 있지만 그야 맞추면 된다.

시골에 산다고 해서 꼭 지역 커뮤니티에 들어갈 필요는 없다. 가

족을 이루고 아이를 기르려면 지역 주민과 반드시 교류해야겠지만, 슬슬 가족을 졸업할까 싶은 나이가 되어 이사 온 사람들에게 지역과의 교류는 불필요하다. 부부 둘만 생각하면 되므로 자녀가 왔을 때 자녀가 잘 방이 없는 집도 있다.

자연 속 생활과 시골살이는 다르다. 그래도 어디에 있든 인간관계는 맺어야 하니 자연히 이주민 커뮤니티가 생긴다. 도시 생활을 해온 사람들의 커뮤니타다. 집을 지어서 이주할 만한 자금력이 있는 사람들이므로 어느 정도 계층 선별은 있다. 출신지는 저마다 다르다. 야마나시에 친족이 있다는 이유로 온 것이 아니라 아무 인연도 없는 곳을 마음에 든다는 이유만으로 골라서 온 사람들이니만큼 모험심과 도전 정신도 있다. 과거사도 다채롭고 특수한 기술이 있는 사람이나 화려한 경력을 자랑하는 사람도 있다.

이 모임 사람들은 과거 경력을 이야기하거나 묻는 것을 싫어한다. 사바세계에서는 어떤 분인지 몰라도… 이곳에서는 모두 평등한 관계다. 적절한 관계를 유지하고 상대방의 사생활은 캐묻지 않지만 필요할 때는 도움을 주고받는다. 어엿한 어른의 인간관계인 것이다.

명함에 '전(前) ○○'이라고 쓰는 것도 꺼린다. 이주민 중에 묻지도 않았는데 "저 사람은 전에 ○○ 회사에서 이사까지 한 사람인데…"라고 타인의 과거를 떠벌리는 사람이 있었다. 몇 번의 술자리가 거듭되는 동안 사람들은 그 사람에게 말을 걸지 않게 되었다. 어른의 커뮤니티가 이렇게 무서운 법이다.

집을 지을 당시 나는 이 커뮤니티에서는 최연소였다. '지즈코 씨'라며 격의 없이 이름으로만 불렸다. "다음에는 언제 와요? 밥 먹으러 와요" 하며 친근하게 대해주었다. 손해도 이득도 없는 관계, 함께 있는 것이 즐겁다는 이유만으로 서로를 초대하는 사이였다.

'고양이 손 클럽' 멤버들

정주족에 '고양이 손 클럽'이라는 커뮤니티가 생겼다. 야쓰가타케에 와서 이혼한 후에도 이곳에 사는 여성 한 명이 여행할 때마다 반려견을 돌봐줄 사람을 구하고 있던 것이 계기가 되었다. 나는 개를 몹시도 좋아한다. 친구 집에 가면 강아지 산책을 대신 해주곤 했기에 그 강아지와는 친구가 되었다. 일주일 정도 맡아준다고 하고 그 집 반려견을 돌봐준 적이 있다. 그런데 보이지 않는 주인의 모습을 찾아서 그날 밤부터 아침까지, 개는 세상 서글픈 목소리로 낑낑댔다. 개에게는 시간 감각이 없다. 일주일 후에 온다고 주인이 말해도, 일주일이 어느 정도의 시간인지 알 수 없으니 버려진 느낌이리라. 주인과 재회했을 때 본, 글자 그대로 너무 좋아서 어쩔 줄을 모르는 모습에 압도당했다. 주인을 어찌 이기겠는가.

'고양이 손 클럽'의 유래는 '고양이 손이라도 빌리고 싶다'라는 일본 속담에서 온 것인데, 원래 뜻은 '아무런 도움도 되지 않는' 고양이 손이라도 빌리고 싶을 정도라는 의미다. 하지만 고양이 손 클럽 멤버는 고양이 손이라고 부르기에는 아까운 재주꾼들이 많다. 목공을 잘하는 사람, 제초기를 가지고 있는 사람, 차로 배웅과 마중을 해주는 사람 등이다. 서로 돕고 돕는데 맨입으로는 부탁하기 어려우니, '냥권'이라는 지역 통화를 발행했다. 1냥권은 500엔이다. 강아지 산책 1회=1냥, 역까지 마중이나 배웅은 2냥, 이런 식이다. 택시를 이용하면 그 네 배는 든다.

다양한 특기가 있는 사람은 더 환영받는다. 그림이나 도예, 오페라 가창을 선보이는 사람도 있지만 가장 환영받는 이는 역시 요리를 잘하는 사람이다. 이들은 지역 통화 대상으로 삼지 않는다. 개중에는 전문가 뺨치는 가이세키 요리를 만들어주는 분도 있고, 메밀국수 장인도 있다. 서로 돕는 일보다 모임이 더 기대된다. 봄에는 벚꽃놀이, 가을에는 단풍놀이. 참가자는 각자 가장 잘하는 요리를

가지고 온다. 찬합에 조림을 가득 담아 오는 사람도 있고 이탈리아
풍 요리 솜씨를 선보이는 사람도 있다. 여름에는 나가시소면을 먹
고, 연말에는 떡방아 찧기도 한다. 갓 찧은 떡을 팥앙금과 콩가루,
간 무, 낫토와 함께 먹는다.

　나도 1년에 한 번 산나물 튀김 파티를 주최하는데, 무척 큰 즐거
움이다. 파티에 참여하려고 굳이 도쿄에서 오는 사람도 있다. 땅두
릅, 두릅, 고비, 머위 새순, 오갈피나무, 극동산마늘 등을 닥치는 대
로 튀긴다. 갓 튀겨낸 튀김을 오키나와현 아구니(粟国)에서 난 소금
에 찍어 먹는다. 요리사는 계속 서 있어야 하니 몸은 힘들지만 마
음은 너무도 즐거워서 손님을 초대하지 않을 수 없다. 튀김을 먹은
후에는 벚꽃 밥이나 유채꽃 밥을 대접한다. 벚꽃잎 소금절임이나
교토의 유채꽃 절임을 잘게 잘라서 갓 지은 흰 쌀밥에 섞는다. 벚
꽃 밥은 연한 분홍빛으로 물들고 유채꽃 밥은 연노랑을 띤다. 아주
살짝 간이 배어 식욕을 돋군다.

　참 재밌었는데…. 이렇듯 과거형으로 회상하는 이유는 멤버 모
두가 이제는 너무 나이 들었기 때문이다. 점차 도움을 주는 사람보

다 도움을 필요로 하는 사람들이 늘어서 균형이 깨졌다. 그래서 현재 고양이 손 클럽은 개점휴업 중이다.

그러다가 부부 중 한 명이 치매에 걸리거나 배우자가 먼저 세상을 떠나서 홀로 남는 사람이 생겼다. 야쓰가타케 남쪽 기슭에 커플로 이주해 온 고령자가 그 후 어떻게 이곳에 정착해가는가, 특히 홀로 남았을 때 어떻게 하는가, 나는 숨을 죽이고 지켜본다. 나 자신의 '홀로 지낼 노후'가 걸려 있기 때문이다.

재미있는 점은 남자가 홀로 남으면 도시에 사는 자녀들이 모셔가는 경향이 있는 데 반해, 여자가 홀로 남으면 그냥 이곳에 계속 산다는 것이다. 애초에 마지막으로 사는 내 집이라 생각하고 이주해 온 것이지만 대단하다는 생각이 든다.

그중에 처음부터 혼자 집을 짓고 이사 온 여성이 있다. 남편을 일찍 저세상으로 보내고 자식들을 다 키운 후 자신의 라이프 스타일을 관철하기 위해 이 지역을 선택한, 독립적인 여성이다. 그녀의 라이프 스타일이 궁금해서 인터뷰를 요청했다. 그녀의 하루 일과와 일주일 스케줄은 정해져 있는데 그것을 철저히 지킨다고 한다.

집에서 요가를 하고 자기 전 스트레칭도 빼놓지 않는다. 언제 방문해도 단정한 차림새에 액세서리도 차고 있다. 가드닝이 취미라 정원은 언제나 손질이 되어 있다. 몇 년 전에 용기를 내어 자동차를 처분했다고 한다. 그 대담함도 멋졌다. 불편하지 않느냐고 물었더니 일주일에 한 번 택시를 예약해서 장을 보거나 필요한 일처리를 한다고.

너무도 훌륭한 '싱글 라이프'이기에 나는 명함도 못 내밀겠구나 싶다. 내가 지금 그녀에게 부탁하고 싶은 것은 정보 통신 기술(ICT)을 익혔으면 하는 것이다. 그러면 온라인으로 얼굴을 보면서 이야기할 수 있을 텐데… 인터넷은 고령자의 무척 든든한 아군이다. 쓰지 않을 이유가 없다.

은발의 스키 친구들

　야쓰가타케 남쪽 기슭은 춘하추동 중 겨울이 최고라고 앞에서 썼다. 동절기의 긴 일조 시간뿐 아니라 또 하나 덤이 있다. 바로 스키장이다.

　근처에는 골프장도 여럿 있다. 하지만 나는 골프는 하지 않는다. 그렇게 늙은이 같은 플레이는 스포츠로 인정할 수 없다고 생각해 왔다. 그 대신 젊을 때부터 아웃도어파여서 여름에는 등산을 하고, 겨울에는 스키를 탔다. 이 지역에 이주해 온 사람들은 원래 산을 좋아하는 이들이 많다. 눈앞에 보이는 야쓰가타케 연봉 중 최고봉인 아카타케(赤岳)는 물론이고 주변의 높고 낮은 산, 그러니까 서쪽으로 병풍처럼 둘러쳐진 가이코마가타케(甲斐駒ヶ岳)부터 동쪽의 미즈가키산(瑞牆山), 가짜 야쓰가타케라고 불리는 가야가타케(茅ヶ岳) 등 눈에 들어오는 봉우리란 봉우리는 모두 올랐다.

하지만 얼마 안 가 무릎에 자신이 없어졌다. 무릎은 한번 나빠지면 원래 상태로 돌아가지 않는다. 스키장에 설 때마다 눈도 허리도 무릎도 다리도 앞으로 몇 년이나 내 말을 들어주려나 싶다. 남은 시간이 얼마 안 된다면 한 시즌, 한 시즌, 소홀히 보낼 수 없다. 그래서 스키를 타기로 하고 등산은 단념하기로 했다. 원래 땀 흘리는 걸 별로 좋아하지도 않고 산을 오르기보다는 내려가는 걸 좋아했으니. 그러고 보니 아는 변호사가 케이블카를 타고 올라가서 내려가기만 하는 '중년 하산 클럽'이란 걸 만들었다고 했었다. 하지만 등산하는 사람이라면 누구나 잘 알겠지만, 올라갈 때보다 내려갈 때 사고가 더 많이 난다. 무릎도 하산할 때 더 잘 다친다.

기대했던 건 아니지만 산속 집으로 이주했더니 차로 15분 거리에 스키장이 있다는 걸 알게 되었다. 신슈(信州)의 폭설 지역만큼 눈이 쌓이지는 않으므로 당연히 인공설이다. 수분을 잔뜩 머금은 북풍이 호쿠리쿠나 신슈에서 눈을 뿌린 후, 건조해진 냉기가 산을 넘

어온다. 야간에 인공설
을 만들기에는 충분히
기온이 떨어진다. 아침
에는 차갑게 얼어붙은
공기가 살을 에듯 휘휘
불어온다. 스키장의 설
면은 단단한 빙판이지
만, 그 대신 탁 트인 푸
른 하늘이 기다리고 있
다. 스키장 하면 눈이 많
이 오는 곳에 있는 법이
다. 사흘 중 이틀은 눈
이 오고 하루만 맑게 개
는 법이라는 게 상식이
지만, 이 지역에서는 날
마다 푸른 하늘 아래에

서 스키를 즐길 수 있다.

이 스키장에는 시즌권이 있다. 심지어 고령자 할인도 된다. 사실 요즘 스키를 타는 사람은 고령자뿐이다. 스키장에는 할인 시즌권을 사서 찾아오는 단골이 있는데, 헬멧이나 고글을 벗으면 머리칼이 희거나 없거나 둘 중 하나다. 50년 이상 스키를 탔다는 베테랑이 많다. 저 사람도 저렇게 열심히 하는데 싶어서 용기가 난다.

스키를 시작하길 잘했다고 생각하는 이유는 우선 추위가 고통스럽게 느껴지지 않기 때문이다. 늦가을부터 초겨울에 걸쳐 날이 추워지면 기분도 우울해지기 마련이다. 그런데 스키 시즌이 가까워진다고 생각하니 더 추워지라고 바라게 되었다. 또 하나의 효과는 아침에 일찍 일어나서 규칙적인 생활을 하게 되었다는 점이다. 스키장에는 아침 여덟 시 반, 리프트 개시 시간에 맞춰서 간다. 리프트를 기다리는 줄의 맨 앞에 서서 아무도 발을 들이지 않은 스키장에 내가 첫 활주로를 그리면서 한 시간쯤 스키를 즐긴다. 아침 식사를 마치고 서서히 나온 스키어들이 하나둘 리프트권을 사려고 줄을 설 즈음, 그 사람들을 힐끗 곁눈질하며 횡하니 집으로 돌아온다. 그 시간까지는 말끔했던 스키장은 일찍 오는 스키어들에 의해 이리저리 파인다. 게다가 이른 아침에는 눈도 단단한데 해가 뜨면 기온이 올라가서 바닥이 질척질척해진다. 스키장이 최상의 상태일 때 마음껏 즐긴 후 내려올 때면 그제야 에스컬레이터를 타고 올라가는 스키어와 엇갈린다. 그때 느끼는 쾌감이란! 속으로 '한 발 늦었어, 당신들' 하며 말이다. 그리고 집으로 돌아와 여유롭게 늦은 브런치를 먹는다. 적당한 운동을 해서인지 식욕도 돋는다. 이제 하루가 시작되는구나, 싶은 마음이 든다.

　이 쾌감을 위해 겨울에는 일을 줄일 정도다. 평소에는 스키장 상태가 너무 좋기에 이따금 눈보라가 심한 날이면 나 자신에게 휴식을 허락한다. 아침 일찍 일어나는 게 힘든 날에는 오늘은 날씨가 안 좋았으면 하고 바랄 때도 있지만, 아침에 잠에서 깨어 침대 속에서 커튼 틈으로 내다보면 하늘이 눈부시게 푸르다. 그걸 보면 누워만 있을 수 없지, 싶어서 무거운 몸을 일으킨다. 스키장 단골 중에는 시즌권으로 한 시즌에 100일 탔다는 사람도 있다. 내 최고 기록은 29일이다. 겨울철에 이렇게 지내다 보니 스키 시즌이 끝나면 오히려 운동 부족이 될 정도다.

　눈과 얼음으로 어둡게 닫힌 계절⋯이어야 할 겨울이 1년 중 가장 즐거운 계절이 되었다. 겨울 스포츠를 생각해낸 북쪽 나라 사람들이 고맙다.

연말연시 가족

오본*과 설날은 '나 홀로족'에게는 가혹한 시간이다. 왜냐하면 대명절이란 곧 가족의 시간이며, 뿔뿔이 흩어져 있던 가족이 재회하는 1년에 두 번뿐인 기회이기 때문이다. 도시에서 가족 단위의 사람들이 썰물 빠져나가듯 자취를 감추고 놀러 오는 상대도 없어지는 시기다. 아니, 시기였다. 왜냐하면 '나 홀로족'이 이렇게까지 늘면 돌아갈 본가가 없는 사람들이 도시에 남겨지기 때문이다. 이전에는 고령자의 고립도를 재는 지표에 "정초의 사흘간, 대화를 나눈 사람이 있었습니까?"라는 질문이 있어서 흠칫했다.

· 　오본(お盆): 양력 8월 15일, 일본의 2대 명절 중 하나.

미국에도 가족 재회의 시간이 있다. 추수 감사절이다. 달리 기댈 것이 없어서인지 미국인은 가족을 소중히 여긴다. 학교 기숙사에 살 때 추수 감사절이 되면 동기들은 일제히 사라졌다. 홀로 남겨진 유학생을 불쌍히 여겨서인지 자기들 가족 모임에 초대해주는 다정한 친구도 있었다.

부모님이 돌아가신 후에는 본가에 갈 필요가 없어졌다. 언제부터인지 연말연시는 으레 산속 집에서 보내게 되었다. 한 해 마지막 날을 함께 보낼 '나 홀로족' 친구가 생겼다. 그들을 '연말연시 가족'이라고 이름 붙였다. 그때만 가족인 것이다.

섣달그믐날에는 저녁부터 전골 요리를 먹으며 텔레비전에서 《홍백가합전(紅白歌合戦)》을 본다. 아직도 그런 걸 보느냐며 어이없어하는 사람도 있겠지만 1년에 한 번 일본을 관찰할 흔치 않은 기회다. "우와, 춤선이 변했네" "일본 젊은이들 팔다리가 길어졌네" "엔카는 변함없는 시대착오적인 느낌이 좋단 말이야" "최근 젊은이들의 발음은 자음과 모음의 연결이 영어 같아" 등등 제멋대로 말을 덧붙이면서 텔레비전을 본다. 아홉 시를 넘기면 근처 메밀국수 명인이 갓 만

든 메밀국수가 도착한다. 그분의 아내가 손수 만든 최고의 소바 국물도 곁들여서. 그것을 먹기 위해 질 좋은 고추냉이를 준비해두었다가 절반은 메밀소바 장인에게 건넨다. 이 메밀국수는 가늘기에 삶는 시간 40초를 꼭 지켜야 한다. 타이머로 정확히 시간을 재서 건져 올리자마자 찬물로 헹군다. 이미 배가 잔뜩 불러 있는데도 신기하게 메밀소바 들어갈 배는 있다. 그러는 사이에 《가는 해 오는 해(ゆく年くる年)》가 방송을 시작하고 제야의 종소리가 텔레비전 너머로 들려온다. 몇 년 전에는 교토에 사는 친구가 근처 호넨인(法然院)의 타종 행사에 직접 가서 현장에서 실황 중계로 종소리를 들려주었다.

열두 시가 가까워지면 카운트다운을 시작하고 열두 시 정각에 "새해 복 많이 받으세요"라는 말과 함께 샴페인을 딴다.

이 '연말연시 가족'은 전 세계를 돌아다니던 사람들이었기에 어떤 해에는 한 사람이 해외에 나가서 빠지거나 한 적은 있었지만, 네 명이었던 구성원 중 벌써 두 명이 세상을 떠났다. 작년에는 두 명뿐이라 쓸쓸하겠네 싶었는데 홋카이도에 사는 역시나 나 홀로족인 친구가 갑자기 찾아와서 연말연시를 지내고 갔다. 그러고는 눈덮인 후지산의 완만한 들판을 한 바퀴 돌고 사진을 찍고 돌아간다고 했다. 나 홀로족은 마음이 가볍다. 어디를 가든 누군가와 의논할 필요도, 허가를 받을 필요도 없다.

다음 날 아침에는 아직 침대 속에 있는 다른 '가족'을 두고 첫 스키를 타러 갔다. 이게 정말 최고다. 새해 첫날 스키장은 텅텅 비어 있다. 밤을 샌 사람들이 많을 테니 말이다. 아이들도 이날은 오지 않는다. 첫 스키를 타는 스키어는 이 지역의 단골들. 텅텅 빈 스키장에 첫 스키 자국을 내며 한 시간만 휘릭 타고 돌아온다. 집에 오면 오부쿠차*와 오토소**, 그리고 주문해둔 오세치***를 먹는다. 그리 맛있지는 않지만 좋은 기운을 불러오기 위해, 그리고 설날 기분을 내려고 준비한다. 오조니****만큼은 직접 끓인다. 내 어머니의 맛을 내기 위해 닭으로 육수를 내어 만든다. 가나자와에서는 옛날

•   오부쿠차(大福茶): 설날 아침에 새해의 나쁜 기운을 물리치기 위해 마시는 차.

••   오토소(おとそ): 설날에 무병장수를 기원하며 마시는 술.

•••   오세치(御節): 설날에 먹는 명절 음식.

•••• 오조니(お雑煮): 일본식 떡국.

에는 오리로 육수를 냈다고 한다. 예전에 사냥해 왔다는 색이 화려한 오리를 먹은 적이 있는데, 벌레 하나도 못 잡는 기품 있는 큰어머니가 털을 뽑고 손질했던 기억이 난다.

오세치 요리는 혼자서 다 못 먹으니 이웃 커플을 초대한다. 요즘에는 자식이 있어도 설날에 부모를 보러 오지 않는 경우가 늘었다. 해외에 나가 있는 자식들도 있어서 쉽게 올 수가 없다. 코로나 사태가 심각할 때는 귀국도 큰일이었다. 작년에는 입국 후 열흘간 격리해야 했다. 부부 둘이서만 있는 게 심심했는지 초대했더니 선뜻 와주었다. 그렇게 또 파티가 시작되었다. 이런 연유로 나 홀로족의 연말연시는 꽤 바쁘다.

주변에 나 홀로족이 점점 늘고 있다. 올해의 '연말연시 가족'은 누구로 할까. '가족'이란 말도 붙었다가 뗐다가 한다. 멤버 구성을 바꾸는 것도 좋다. 생각지도 못한 사람이 와서 생각지도 못한 일이 일어나기도 한다. 혼자 사는 여자는 이렇게 재미있게 보내는데, 혼자 사는 남자는 연말연시를 어떻게 보낼까?

온라인 계급

코로나 사태 3년 차. 다음은 오미크론이네, BA5네 하는 신종 변이가 나타나 현재 제7차 유행이 한창이다. 언제 끝날지 알 수가 없다. 이런 사태를 누가 예상이나 했을까?

코로나 사태가 시작됐을 무렵, 산속 집으로 들어갔다. 그즈음 야마나시현에는 아직 감염자가 한 명도 나오지 않은 상황이었다. 현 경계 이동을 자제하라는 요청이 나오면 이동이 어려워지기에 그 전에 가자 싶었다. 사실 그 무렵 호주에 사는 지인과 연락을 했는데 호주에서는 주 경계를 이동하면 벌금을 문다고 했다. 내 자동차 번호판은 도쿄에서 받은 것이다. 다른 지역 번호판을 단 자동차에 돌을 던지거나 차를 긁는 일도 있다고 들었는데 다행히 야쓰가타케 남쪽 기슭에서는 주민들이 외지 번호판에 익숙해서인지 얼굴 붉힐 만한 일은 없었다.

코로나로 산속에 들어와 생활하는 데는 온라인이 큰 지원군이 되어주었다. 오프라인으로 하는 일은 연달아 취소되었지만 그만큼 온라인 의뢰가 늘었다. 실제로 해보니 온라인으로 해도 아무런 불편이 없다는 사실을 깨달았다. 강연도, 회의도, 인터뷰도, 대담도, 모든 것이 온라인으로 해결되었다. 줌이나 웨비나(Webinar)를 다루는 데는 금세 익숙해졌다. 와츠앱(WhatsApp)을 쓰면 실시간 영상 통화도 바로 할 수 있었다. 줌이라는 애플리케이션은 코로나 사태 이전부터 있었다지만 급속히 보급된 것은 코로나 사태가 한창일 때였다. 그 전에는 출석할 수 없는 참가자를 스카이프로 연결해서 회의를 했는데 그건 어쩔 수 없이 선택하는 현실 세계의 대용품 정도였다. 온라인이 당연해지니 오프라인으로 만나려면 굳이 대면해야 할 이유가 있어야 할 정도가 되었다. 온라인을 경험해보고 새삼 대면이 좋다는 걸 실감했다는 사람이 대부분이지만 나는 조금도 그런 생각이 들지 않았다. 회의 말미에 다음에는 실제로 만나고 싶다

고 일단 사교성 멘트는 날리지만 실은 어떻게 되
든 상관없다.

우선 교통비가 들지 않는다. 한 시간 반의 강
연을 위해 왕복 다섯 시간 걸려서 이동할 필요도
없다. 적어도 강의 시작 한 시간 전에는 도착해야
주최자가 불안해하지 않고 강연이 끝나도 금세
돌아갈 수 없다. 특히 나는 강연 후 뒤풀이가 싫
었다. 대체로 서서 먹거나 가벼운 이자카야*에서
하는데, 음식이 맛있었던 적이 없다. 나에게 말을
거는 사람들은 있지만 내 이야기를 듣고 싶은 것
이 아니라 자기 이야기를 들어주기 바라는 사람
들뿐이다. 인간이라는 것은 타인에게는 흥미가
없고 자신에게 관심을 보여주기를 바라는 생물
이라는 사실을 절실히 깨닫곤 한다. 호기심이 강

---

* 이자카야(居酒屋): 선술집.

한 편이라 결국 내가 먼저 "오, 그래서요?" "그때 무슨 느낌이 들었어요?"라며 듣는 역할을 하게 된다. 사회학자는 인터뷰의 프로다. 듣는 역할이 싫지는 않지만 결국 말하는 시간은 나보다 상대가 더 길 때가 많다. '아아, 강의료도 싼데 공짜로 야근했네' 하는 마음으로 집에 돌아간다.

하지만 온라인에서는 이런 일이 없다. 로그아웃만 하면 순식간에 나만의 시간으로 돌아온다.

내각부에서 '코로나 사태에서의 인식과 행동 변화에 관한 조사'※라는 것을 실시했다. 그 결과가 재미있다. "코로나 사태 중에 원격 근무를 했습니까?"라는 질문에 대한 경험률이 평균 20퍼센트, 그것이 연봉 300만 엔 미만부터 1,000만 엔 이상까지의 경제 계층과 절묘하게 정비례한다. 1,000만 엔 이상의 고연봉 계층은 50퍼센트를 넘는다. 즉 고액 소득자일수록 일을 온라인으로 처리했다. 사실 다른 조사에서도 정사원은 원격 근무가 가능했는데 비정규직 사원만 출근을 요구받았다는 의견도 있다. 온라인으로 할 수 있는 일과 할 수 없는 일을 구별하여 전자에 종사하는 사람들을 '온라인 계급'이라고 부른다는 재미있는 말도 들었다.

온라인화할 수 없는 일을 '에센셜 워크(essential work)'라고 부르

※　　https://www5.cao.go.jp/keizai2/wellbeing/covid/pdf/result2_covid.pdf

먼저 추켜세웠지만, 그렇다고 그들의 노동 조건이 좋아지는 것은 아니다. 코로나를 피해 산속 집에 머물면서 가장 감사했던 것은 택배다. 택배 기사가 와줄 때마다 악수라도 하고 싶은 심정이었다.

일을 온라인으로 할 수 있다면 어디에 있든 상관없다. 그래서인지 국제회의도 가볍게 들어오곤 했다. 교통비나 체재 비용 부담 없이 참가를 요청할 수 있기 때문이다. 도심 사무실 근처를 고집할 이유도 없다. 통근 지옥을 경험할 필요도 없다. 그 때문인지 지방으로 이주하는 사람들이 늘고 있다고 한다. 그것도 퇴직자가 아니라 한창 일할 나이인 사람들이 말이다. 같은 돈이라면 지방이 훨씬 풍요롭게 살 수 있다. 이곳 야쓰가타케 남쪽 기슭에서도 남편이 프리랜서, 아내가 복지직 같은 일을 하면서 아이를 키우는 커플이 늘었다.

원격 근무를 하려면 집이 똑똑해져야 한다. 산속 집에는 일찍이 와이파이를 설치했다. 그 대신 어디에 있든 일단 피시만 켜면 되니 일에서 도망칠 수 없게 되었다.

다거점 생활

"주말에는 야마나시에 있어요"

이 표어는 야마나시 관광진흥기구가 만든 것이다.

산속에 있는 호쿠토시의 표어는 "물과 숲과 태양의 고을"이다. 아무렴. 일본에서도 일조 시간이 길기로 유명하고, 야쓰가타케 기슭에는 지하수가 풍부하며, 숲과 초원이 펼쳐지는 기름진 평야가 있다. 거짓 없는 간판이건만 내세울 게 그것뿐이냐고 괜히 꼬집고 싶어진다. 하지만 그것만으로 충분하다는 생각도 든다. 달리 무엇을 바라겠는가.

야쓰가타케 기슭에 자리한 호쿠토시는 나가노현과의 경계에 있다. 그곳에서 조금만 차를 달리면 하라무라라든가, 다테시나(蓼科)

같은 예로부터 유서 깊은 피서지가 많이 있다. '학자 마을'이라는 별명이 있는 별장지도 있다.

"주말에는 야마나시에 있어요." 이 표어를 들었을 때, 왠지 석연치 않은 기분이 들었다. "주말에는 나가노에 있어요"가 훨씬 뭐랄까, 지적으로 들린다(웃음). 땅을 야마나시에 사기로 결정하고서도 야마나시는 가네마루 신*을 낳은 금권 정치의 땅이라는 생각이 먼저 들었다. 그에 반해 나가노현은 예로부터 교육의 고장이다. 일본의 대형 출판사 이와나미쇼텐(岩波書店)의 창업자인 이와나미 시게오(岩波茂雄)를 낳은 땅으로, 스와(諏訪)에는 이와나미쇼텐에서 1947년 이후에 발행한 모든 책을 소장한 신슈후주분코(信州風樹文庫)도 있다. 지노(茅野)에는 이와나미 일족으로 추측되는 '셰이와나미(シェ岩波)'라는 프렌치 레스토랑도 있는데, 이따금 방문한다. 나가노현은 별장지 개발 규제가 초기부터 엄격해서 약 1,000제곱미터 이상의 토지만 매매할 수 있지만, 야마나시에서는 165제곱미터 정도여도

---

* 가네마루 신(金丸信, 1914~1996): 일본의 유명 정치인.

상관없다. 이런 난개발만 봐도 행정 기관의 자세가 얼마나 다른지 알 수 있는 부분이다.

"주말에는 야마나시에 있어요"라는 말 그대로 야쓰가타케 남쪽 기슭에는 두 곳에 거점을 두고 생활하는 주민이 많다. 어디에 사느냐고 물어도 선뜻 대답하기 힘들 정도로 왔다 갔다 하기 때문에 정주족이라고는 할 수 없지만 그렇다고 별장족이라고도 부를 수 없는 사람들이다. 나는 도쿄의 고층 아파트 거주자다. 글자 그대로 '땅에 발을 딛지 않는' 생활을 하고 있지만 그것이 고통스럽지 않은 이유는 땅에 발이 닿는 산속 집 생활 덕에 균형이 잘 맞기 때문이라고 생각한다.

다나카 야스오(田中康夫) 씨가 예전 나가노현지사였을 무렵, 현청이 있는 나가노시가 아닌 그곳에서 150킬로미터 떨어진 야스오카무라(泰阜村)에 주민 등록을 한 적이 있었다. 현청 1층에 유리창으로 두른 현지사실을 만들기도 했던 다나카 씨는 현의회가 야당 일색이라 나가노시와의 관계도 좋지만은 않았다. 야스오카무라의 당시 촌장이었던 마쓰시마 데이지(松島貞治) 씨는 개호 보험 실시 이전

부터 24시간 무료 방문 개호를 제공해온 '복지의 고장' 선두 주자. 현지사의 주민세, 한 해 약 200만 엔은 당시 인구 약 2,000명이었던 야스오카무라 재정에 큰 도움이 되었다. 나가노시는 가만히 있지 않았다. 교통편이 불편한 야스오카무라에서 나가노시의 현청까지 매일 다닐 리가 없다며 위장 전입 의혹을 제기하며 감사를 요청했다. 그것을 재정(裁定)하기 위해 '주소 인정에 관한 조사위원회'가 설치되었다. 구성원은 쓰치야 고켄(土屋公献, 일본 변호사 연합회 전 회장), 스기하라 야스오(杉原泰雄, 헌법학자), 그리고 사회학자인 나. 이렇게 세 명이었다. 만약을 위해 말해두지만 나는 다나카 씨와 면식은 있지만 아무런 이해관계가 없다. 내가 지명을 받은 것은 생각지도 못한 일이었지만 덕분에 쓰치야 씨, 스기하라 씨와 같은 공평한 두 분과 가까워질 수 있었던 것은 행운이었다.

재정 결과는 '다거점 거주에 문제는 없다'는 것. 이것도 혹시 몰라 말해두지만 이 세 사람 사이에는 아무런 모의도 없었으나 전원의 의견이 일치했다. 애초에 헌법은 '이동의 자유'와 '거주의 자유'를 보장하고 있고 점점 더 이동이 많아지는 시대에 주민 등록지에 거주 실태가 있느냐 없느냐로 거주지를 단정하는 것은 시대착오적이다. 당시 다나카 씨는 나가노시 시내의 아파트, 가루이자와의 본가, 도쿄의 자택, 그리고 야스오카무라의 집 등 여러 곳을 이동하며 생활했다. 나가노시 측에서 제공된 자료에는 수도 계량기 눈금까지 조사해서 거주 실태 유무를 확인하는 상세 데이터가 첨부되어 있었다. 그 집념에는 놀랐다.

시대는 그 무렵보다 훨씬 진보했다. 어디에 있든 온라인 접속이 가능한 오늘날, 주소를 하나로 정할 필요가 어디 있겠는가. 오히려 응원하고 싶은 지자체에 주민세를 낼 수 있도록 스스로 선택할 수 있으면 더 좋은 일 아닌가. 그것이 고향 사랑 기부제인데 그렇다면 상하수도며 쓰레기 수거 같은 기초적인 행정 서비스 비용은 누가 내느냐고 묻는 사람에게는 이렇게 말하고 싶다. 바로 그런 이유로 주민 등록 유무와 상관없이 부담하는 소비세 같은 것이 있는 거라고. 일본의 사회 보장 제도가 주소지주의에서 벗어날 필요가 있다는 것은 전문가의 일치된 견해이기도 하다.

운전면허증 반납은 언제쯤?

　시골 사람의 '바로 근처'라는 말에는 늘 속아 넘어간다. 길을 물어도 '바로 근처'라는 말을 듣고 달리다 보면 차로 10분 이상 걸리곤 한다. 거리 감각이 다른 것이다. 우선 이동은 자동차가 전제고, 심지어 30분 이상이 아니면 '멀리'로 치지도 않는다.

　그래서 지방에서 살려면 자가용이 필수품이다. 일종의 신발 같은 거라서 가족 인원수만큼 차가 있는 집도 있다. 절대 사치품이 아니다. 없으면 안 되는 생활 도구인 것이다.

　옛날 사람들은 다리가 튼튼했다고 하는데 지금은 시골 사람일수록 걷는 거리가 적다. 아주 조금 떨어진 곳이나 장을 보러 갈 때도 자동차로 가는 것이 당연하기 때문이다. 산속 집에서 도쿄로 돌아오면 갑자기 하루 걸음 수가 늘어난다. JR이나 지하철을 갈아타면 환승하기 위해서라도 꽤 걸어야 한다. 그 결과 상당한 운동이 된다. 시골 아이는 자연 속에서 뛰어다니니 건강하다는 건 옛말이다. 학교 선생님에게 들으니 요새 시골 아이들은 죄 집에서 게임에 빠져 산다고 한다. 그럴 바엔 수영 클럽이나 축구팀 등에 속해 있는 도시 아이가 훨씬 운동량이 많지 않을까?

도쿄의 집에서 산속 집까지 고속 도로를 달리면 '도어 투 도어'로 딱 두 시간. 혼자서 운전하기에는 맞춤한 시간과 거리다. 그런데 이런 생활이 언제까지 이어질까? 그게 문제다. 올해는 면허증을 갱신해야 한다. 신청 전에 고령자 강습을 받았다. 조금 더 지나면 후기 고령자가 된다. 그때는 치매 검사가 필수다. 면허증 반납까지 앞으로 몇 년이나 운전을 계속할 수 있을까? 그때까지는 자율 주행이 당연해져서 도쿄 집에서 산속 집까지 차가 알아서 데려다줄 텐데 뭐가 걱정이냐는 낙관론자 친구도 있지만, 그 전에 내가 운전을 못 하게 되면 어쩌지?

그래서 주변 이주자들의 면허증 반납 상황이 궁금해졌다. 과거 이주자 커뮤니티인 '고양이 손 클럽'의 평균 연령은 80대가 되었다. 그중에는 90대도 있다. 파트너와 사별한 커플도 있고, 한쪽이 치매에 걸린 커플도 있다. 커플 중 한 사람만 운전을 할 수 있고, 그것에 전적으로 의지했던 다른 한 사람이 나중에 남겨지면 어떻게 될까?

차 없는 삶을 상상하는 것은 이곳에서는 어려운 일이다. 60대 정도에 별장은 짓고 싶다고 누군가 의논을 해오면 "정말 좋은 곳이야"라고는 말하지만, "운전을 할 수 있는 동안에는 말이야"라고 덧붙여야 한다. 왜냐하면 옆집이 100미터 이상 떨어져 있는 집이라면 장보기도 병원 가기도 친구를 만나는 것도 차 없이는 무리다.

작가인 고 다와라 모에코(俵萠子) 씨는 아카기(赤城)에 도예 공방과 미술관을 가지고 있었다. 어느 날 도쿄의 자택에서 아카기로 가는 고속 도로를 이리저리 휘청거리며 달렸는데 뒤에 오던 트럭 운전사가 그것을 발견했고, 정신이 들자 중앙 분리대를 들이받고 전신 복합 골절상을 당해 병원에서 눈을 떴다. 무슨 사정으로 정신을 잃은 모양이었다. "차 덕분에 살았어요"라고 그녀는 말한다. 그녀가 타던 차는 튼튼한 벤츠였다. 만약 판금이 얇기로 소문난 일

본 차였다면 차는 완전히 짜부라져서 차체에 끼었을 것이다. 그것을 계기로 차를 팔고 이동은 열차로 하고 단거리용 경차로 바꿨다. 경차라면 속도를 못 내니까 적어도 큰 사고는 안 나겠지, 하면서.

주변을 살펴보니 운전면허증 반납을 결심하는 것은 대체로 되돌릴 수 없는 사고를 일으킨 후가 많다. 그만큼 차를 포기하는 결심은 어려운 모양이다. 지인 커플은 아내가 운전하는 동안 마주 오는 차를 피하려다가 논 속에 처박혀서 차가 크게 부서졌다. 다른 남성은 시야 확보가 어려운 신호 없는 교차로에서 일시 정지를 하지 않고 슬금슬금 가다가 차 측면을 들이받쳤다. 또 다른 남성은 백미러를 보지 않고 후진하다가 뒤따라오던 차를 박는 바람에 상대편 운전자가 고함을 쳤다고 한다. 이유는 주의 산만, 판단력 저하, 시야 협착, 반사 신경의 둔화 등 여러 가지지만, 어느 것이든 나이를 먹으면 동반되는 신체 능력의 퇴화에서 오는 것뿐이다. 자기가 사고를 내서 폐차하거나, 본인이 다쳤다면야 어쩔 수 없지만 다른 사람을 다치게 하는 가해자가 되는 것은 더 무섭다.

그러기 전에 하자 싶어서 차를 처분한 훌륭한 나 홀로족 여성분이 계시다. 일주일에 하루, 외출하는 날을 정해서 택시로 장을 보러 가거나 미용실 등에 간다고 한다. 차량 유지비를 생각하면 이게 더 쌀지도 모른다.

오르내림이 심하고 급커브가 많은 주오도(中央道)를 달릴 때마다 속도를 줄이지 않고 커브를 도는 것을 즐겨왔지만, 문득 생각하게 되었다.

'이걸 언제까지 할 수 있을까?'

'차도락'

명품에도 보석에도 흥미가 없지만 차만큼은 예외다. 차는 나의 얼마 안 되는 도락 중 하나. 말만 '차도락'이지 차고에 앤티크 카를 여러 대 세워두는 카 마니아와는 다르다. 어디까지나 이동을 위한 실용품이다. 야쓰가타케의 산속 집을 오가려면 차는 필수다. 물론 JR과 택시를 이용하는 방법도 있지만 이동할 때마다 피시를 비롯해 책이나 식재료 등 큰 짐을 가지고 이동하기에는 자가용만 한 게 없다.

지금까지 몰았던 자가용 중 최고는 닛산 스카이라인 GT4. 사륜구동이었기에 여기에 스키 장비를 싣고 스키장에 다녔다. 밟으면 시원스럽게 나가는 가속이 뛰어났고 신호 대기를 하고 있어도 다른 차보다 빨리 앞으로 나가곤 했기에 무리한 추월을 유발했다. 출시된 지 얼마 안 된 전자동 오픈 루프인 혼다 CR-X 델 솔도 샀다. 혼다에서 S2000이 나왔을 때는 보자마자 사고 싶다고 생각했지만 수동밖에 안 나온다고 해서 단념했다. 수동 이야기가 나와서 말인데 독일에서 BMW의 딜러를 찾아갔을 때 자동은 없느냐고 물었더니 "It's for ladies and Americans(그건 여성과 미국인을 위한 거죠)"라는 은근히 무례한 답이 돌아왔을 때 느꼈던 분노는 잊을 수 없다.

한때는 차를 두 대 가지고 있었다. 한 대는 겨울 눈길을 달리기 위한 스터드리스 타이어가 달린 사륜구동. 다른 한 대는 급커브가 많고 오르내림이 심한 주오도를 달리기 위한 고속 성능이 좋은 스포츠 타입. 둘의 쓰임은 완전히 다르다. 그래서 두 대인 건데, 두 번째 차를 살 때는 나도 모르게 오픈카를 사고 말았다. BMW Z4 투시트인데 원칙적으로 옆에 사람을 태우지는 않는다. 사실 이걸 산 이유는 이렇다. 몇 년 전에, 나온 지 10년 정도 된 BMW 오픈카가 내 앞에 서더니 안에서 은발을 휘날리며 멋진 할아버지가 내렸다. 머리도 잘 손질되어 있었지만 차도 마찬가지여서, 정말로 그 오래

된 차를 아낀다는 느낌이 전해졌다. 나도 할머니가 되면 은발로 BMW의 오픈카에서 내리고 싶다고 생각했다.

첫 번째 차는 도요타의 하이브리드 카인 하리아. 도요타 기술의 정수가 집약된 이 SUV는 어떤 눈길에도 무적이라 나를 스키장에 데려다주는 최고의 파트너였다. 트렁크 공간도 여유로웠고 스키나 스키 도구뿐 아니라 아플 때는 휠체어도 실을 수 있었다. 이 차로 얼마나 많은 곳을 누볐던가. 신형 하리아가 매서운 독수리 엠블럼을 없앤 데다 도시 생활에 적합한 세단형 모델이 되면서 아웃도어스러움을 없앤 것은 너무도 안타깝다.

두 번째 차인 Z4는 사실 딱히 도움이 되지는 않았다. 봄과 가을의 아주 짧은 한때, 지붕을 열고 숲속을 달리면 쾌감을 느낄 수 있었지만 비가 오면 그마저 열지도 못했고 여름에는 너무 덥고 겨울에는 너무 추웠다. 심지어 주오도는 터널이 너무 많다. 이따금 오픈카를 타고 이 터널 저 터널로 들어가는 운전자(대체로 여자와 함께 탄 남자였다)를 보는데, 배기가스로 가득 찬 터널 속을 달리다니, 바보, 하면서 힐긋 곁눈질하곤 했다. Z4의 차 높이는 고작 129센티미터.

눈이 쌓이면 못 타고 빙판길 같은 곳에서는 바퀴가 헛돌기 때문에 꿈쩍도 안 한다. 무엇보다 산속 집 바로 앞 도로는 포장되지 않은 자갈길이다. 폭우가 올 때마다 콸콸 흐르는 물 때문에 무참히 잠겨버린다. 그곳에 바퀴가 빠지면 끝장이다. 빠져나올 수가 없다. 어느 날, 꼭 그 길을 지나가야 할 일이 있어서 조심조심 운전했는데 물웅덩이에 빠져서 차 밑바닥을 긁었고 결국 축이 휘어졌다. 어쩔 수 없이 수리를 맡겨야 했는데 이런 산길을 운전할 차는 아니라는 걸 다시금 뼈저리게 느꼈다. 게다가 12월부터 3월까지는 완전히 동면 상태. 방치해둘 수도 없어서 이따금 시동을 걸었다. 이래저래 손이 많이 갔다.

하지만 독일 차가 좋다는 건 독일에 살 때 절실히 깨달았다. 속도 제한이 없는 아우토반에서는 차종과 운전자의 실력으로 서열이 결정된다. 뒤에서 벤츠가 빔을 쏘며 시속 200킬로미터 정도로 달려오면 대부분 다른 차는 추월 차로에서 퇴장한다. 벤츠에 지지 않는 것이 BMW다. 무엇보다 고속 안정 성능이 좋다. 속도가 올라가면 올라갈수록 스티어링이 무거워지고 커브를 돌 때 빛을 발한다.

앞차가 내리막길 커브를 달릴 때마다 브레이크를 밟는 것을 보면서 브레이크를 밟지 않고 뒤따라 달리는 것이 작은 즐거움이었다. 스포츠카는 축이 단단한 탓에 도로의 굴곡을 하나하나 읽는 바람에 몸에 그대로 전해지는 것은 곤란했지만 BMW의 광고 카피에 'Freude am Fahren(달리는 즐거움)'이라는 말이 있는 것처럼 정말로 운전할 때 쾌감이 있었다. 그 덕에 그만큼 암행 순찰차의 표적이 된다고 한다.

차가 두 대 있더라도 몸은 하나다. 그렇게까지 많이 탈 수 있는 것도 아니다. 10년 이상 탔지만 주행 거리는 8만 킬로미터도 안 되었다.

결국 손만 많이 가고 별 도움도 안 되는 말괄량이 같은 오픈카는 눈물을 머금고 처분했다. 엔진도 전자동 뚜껑도 아무런 문제가 없었는데도 감정가가 너무 싸서 깜짝 놀랐다. 그래도 일생에서 10년 정도는 충분히 즐겼다.

중고 별장 시장

60대인 지인이 의논을 해왔다. 자연 속 별장을 가지는 것이 꿈인데, 앞으로 몇 년이나 살 수 있을지 모르는데 투자를 해야 할지 망설여진다는 것이었다.

살아 있는 동안 하고 싶은 일이 있다면 해야지, 하며 나는 찬성했다. 60대라면 앞으로 10~20년, 별장 라이프를 즐길 수 있다. 어떤 일이든 끝은 온다. 만년의 그 기간을 풍요롭게 보낼 수 있다면, 그리고 그것이 가능한 조건이라면, 주저할 필요가 있을까? 그러려고 평생 일하고 돈을 벌었으니 말이다.

암으로 갑자기 세상을 뜬 남자인 나의 친구는 포르쉐를 타는 게 꿈이었다. 어림없는 꿈도 아니었는데 이루지 못하고 죽었다. '하고 싶은 일도 못 하고 죽다니 바보 같은 녀석' 하고 나는 그를 애도했다.

게다가 야스가타케 남쪽 기슭에는 요 근래 중고 별장 물건이 엄청나게 싼 가격으로 나오고 있다. 땅까지 포함해서 집 한 채를 500만 엔 정도면 살 수 있다. 도시 아파트 매매가를 생각하면 믿을 수 없는 가격이다. 이즈(伊豆)나 구사쓰(草津)에는 리조트 아파트가 있어서 한 채에 300만 엔 정도면 살 수 있다고 하지만, 군데군데 이빨 빠진 듯 공실이 늘고 관리도 소홀해졌다고 들었다. 그뿐 아니라 도시 아파트에서 시골 아파트로 이주하는 것은 시시하다.

하지만, 맞춤형 별장은 팔기도 어렵고 사기도 어렵다. 친구를 따라 몇 군데 보러 다니면서 알게 된 것은 주인의 취향이다. 개성적이라고 바꿔 말할 수도 있겠지만 다른 사람은 이해하기 어려운 취향이라고 말해도 좋다. 여기는 왜 이렇게 했을까 싶은 세부 사항에 대한 취향을 볼 때마다, 이 별장을 지은 주인의 꿈과 마음이 전해지지만 타인과 공유하기는 어렵다. 일본 가옥이 nLDK* 모델로 규

---

*   nLDK: 방 개수, 거실, 다이닝, 키친을 뜻함.

격화되어 있는 것을 탐탁지 않게 생각해왔지만, 바로 그런 이유로 중고 주택 시장이 형성되어 있는 것이리라. 어떤 차를 빌려도 곧바로 운전할 수 있는 렌터카처럼 규격화·표준화되어 있기에 유통이 가능한 것이다.

그런데 중고 별장은 그렇지 않다. 다른 사람의 취향에는 경탄을 금치 않지만 그것에 나를 맞춰야만 한다. 나는 해외에서 살 때 여러 번 남의 집을 빌려 살았는데 그때 다른 사람의 취향을 즐기면서 살 수 있었던 이유는 기한이 한정되어 있었기 때문이다. 진짜 나의 삶의 터전이 되면 타인의 취향은 하나하나 불편으로 다가온다.

야쓰가타케 남쪽 기슭의 별장은 저마다 역사가 길지 않다. 가루이자와나 다테시나처럼 제2차 세계대전 전의 부모 세대부터 별장이 있어서 어린 시절을 그곳에서 보냈다는 사람은 적다. 대체로 정년 즈음에 이주하므로 자녀들은 이미 다 성인이고, 개중에는 부부 둘만의 생활을 전제로 자녀 방은 아예 없는 집도 있다. 부모의 별장이 자녀들에게는 낯설고, 그들이 그것을 이어받는 것은 상상하기 어렵다. 사실, 자녀들은 거의 오지 않는다. 아니면 자녀들은 별장을 유지할 경제력을 잃었는지도 모른다.

결국 야쓰가타케의 별장은 한 세대에서 끝난다. 그렇다면 중고 시장에서 유통되면 좋을 것이다. 한 지인은 1년 내내 거주하기 위해 노부부가 집 전체에 난방 시설을 설치한 별장을 통째로 샀다. 가구나 가재도구가 모두 포함되어 있었기에 곧바로 들어가 살 수 있었다. 16년을 살고 다시 통째로 팔았으니 손해는 아니었다고 생각한다. 또 한 기업의 휴양 시설을 보러 갔더니, 양쪽으로 방 다섯 개, 모두 합쳐 열 개인 내저택에 한가운데는 온천 같은 타일을 붙인, 바깥 풍경이 보이는 욕탕이 있었다. 땅까지 포함해서 3,700만 엔, 합숙도 가능할 것 같아서 자칫 넘어갈 뻔했는데, 이런 집을 어떻게 유지할까 싶어서 마음을 고쳐먹었다. 또 후지산을 볼 수 있는 땅에, 부자가 온갖 사치를 다 부려서 지은 고급 호텔만큼이나 방이 많은 별장을 보러 갔는데, 카펫에 샹들리에까지 졸부 느낌 나는 취향에 질려버렸다. 하나같이 어중간한 물건뿐이라 좀처럼 딱 맞는 집을 만날 수 없다.

한편, 내 집은 서고에 특화되어 있다. 특수한 건물이다. 이런 건물, 누가 써줄까? 약 200제곱미터의 널찍한 공간이 있기에 데이 서비스*나 집회소로는 쓸 수 있을지도 모른다. 하지만 현관까지 가는 길에 있는 계단을 고령자가 어떻게 올라갈까.

이런 연유로 내 집도 중고 시장에 내놓아도 좀처럼 팔릴 것 같지 않다. 그 전에 서고를 가득 채운 책, 책, 책…을 어떻게 처분하면 좋을까? 끝에서부터 세는 게 더 빠를 것 같은 나이를 맞이하여, 뾰족한 수가 없어서 이리저리 궁리만 하는 나날을 보내고 있다.

---

* 데이 서비스(day service): 낮 동안 고령자를 돌봐주는 일본의 개호 서비스.

STORY
22

두 사람에서
한 사람으로

야쓰가타케 남쪽 기슭으로 이주해 오는 사람들은 대개 60대 전후다. 개중에는 60세가 정년이지만 앞당겨 퇴직하고 50대에 이주한 사람도 있다. 젊을 때부터 왔다 갔다 하다가 좀 더 일찍 정착하게 된 것이다. 정년이 기준이 되는 이유는 퇴직금이 건축 자금으로 쓰이기 때문인지도 모른다. 60세 정년은 지금 감각으로 생각하면 너무도 젊다. 향후 20년은 건강하게 살 수 있다.

자, 이제 땅을 사서 집을 지으려면 에너지가 필요하다.

이주해 오는 사람들은 커플이 대부분이다. 자녀들은 일찍이 자립했고 따로 살고 있다. 커플 중에 야마나시에 인연이 있는 사람도 없고 부부 모두 이곳이 좋아서 골랐다는 경우가 많다. 서로의 출신지나 친족 등과 거리를 두고 두 사람 모두에게 낯선 땅에서 새로운 삶을 시작하려 하는 커플은 대등한 느낌이 있고 무엇보다 금슬이 좋다.

정년 후 이주는 커플 한쪽이 배우자를 자신의 고향으로 동행시키는 경우가 있는데 한쪽은 고향이라도 다른 한쪽에게는 낯선 타향. 고향으로 돌아온 사람이야 그곳에 연이 있고 친족 네트워크가 있으며, 익숙한 사투리도, 습관도 있다. 거기에 연로한 부모님을 돌봐야 하는 상황이라면 아내들의 부담이 커진다. 정년을 계기로 고향으로 돌아가는 남성은 적지 않지만 아내는 "당신 혼자 가요. 나는 안 갈 테니"라는 선택을 하는 경우도 있다. 아이치현에서는 치매를 앓는 고령의 남성이 갑자기 선로 안으로 들어가 사고사하는 바람에 JR로부터 손해 배상 청구를 당하는 사건이 일어났다. 그는 늙은 아내와 함께 살고 있었고, 그 외에도 멀리 떨어져 살던 맏며느리가 늙은 시부모를 돌보기 위해 '혼자서' 가까운 곳으로 이사와 살고 있었다고 한다. 그 옛날, 장남이 "부모님이 나이 들면 내가 돌본다"는 시절에는 실상 "내 아내(즉 맏며느리)가 돌본다"는 말과 마찬가지였는데, 요새 아내는 "당신 부모님은 당신이 돌봐. 나는 내 부모님을 돌봐야 하니까"라고 말한다. 이 말에 저항할 수 있는 남편들도 줄었다.

산에서 살려면 남자 일손도 여자 일손도 필요하다. 바깥일이나 집 고치기, 무엇보다 장작 패기는 남자의 일이다. 매일 먹는 식사나 텃밭 가꾸기, 보존식 만들기 등은 여자의 일. 성별과 상관없이 뭐든 다 잘하는 사람도 있지만 기본적으로는 서로 도우며 살아간다. 남자도 여자도 몸을 부지런히 움직이는 것이 조건이므로 집에서는 자기 손으로 차도 못 내려 마시는 남자는 이곳에서 살 수 없다. 하나같이 다재다능해서 무슨 일을 시켜도 전문가 뺨치게 잘한다.

어떤 사람은 목공이 특기라 전문가 수준의 도구를 가지고 있고 목공용 공방까지 별채에 짓고 말았다. 주말에나 하는 취미의 영역을 넘어서 테이블이나 의자까지 만들곤 한다. 이분은 녹야원의 표지인 자작나무로 만든 흰 사슴을 여러 마리 만들어주었다. 우리 집에 처음 오는 손님에게는 "흰 사슴이 있는 집이에요"라고 안내한다. 또 어떤 사람은 그림과 도예에 능하고, 아마추어 오페라 무대에도 섰다. 유화로 그린 추상화를 여러 점 모아서 결국 그것을 전시하는 천장이 높은 갤러리를 자기 집 부지 안에 직접 만들었다. "보러 오세요" 하기에 보러 간 것까지는 좋았는데 나도 모르게 칭찬을 계속했더니 "한 점 가져가실래요? 드릴게요" 해서 "아뇨, 아뇨. 이렇게 귀중한 걸 어떻게…"라고 거절하느라 진땀을 뺐다. 아무리 전문가 뺨치는 실력이라 해도 어차피 아마추어의 솜씨이다. 이 사람에게 받은 도자기 화병은 물이 샜다. 출연한 무대의 비디오를 한없이 보여주는 데도 질렸다. 너무 나쁜 얘기만 한 것 같아 미안하니 좋은 점도 말해야겠다. 이 사람은 이 지역 농가에서 밭을 빌려서 본격적으로 채소를 재배하기 시작했는데 산책 겸 들른 나에게 훌륭하게 자란 채소를 잔뜩 들려 주었다. 또 어떤 부부는 직접 벽돌로 피자 가마를 만들어서 해마다 피자 파티에 초대해주었다. 나는 이곳에서 처음으로 사과 피자를 맛보았다.

60대에 이주해 오는 커플도, 20년이 지나면 변화가 찾아온다. 커플 중 한쪽이 암에 걸리거나 치매에 걸리는 등 나이는 피할 수 없다. 남편이 뇌경색으로 반신불수가 된 펜션 경영자 부부는 사업을 다른 사람에게 넘기고 간사이(関西)에 사는 딸네 집으로 갔다. 혼자 살면서 도시에 사는 아내가 이따금 찾아오던 정원을 잘 가꾸던 남성은 암에 걸려 역시 도시의 가족 품으로 돌아갔다. 사랑하는 산속 집에서 남편을 병으로 떠나보내고 혼자 살던 여성은 어느새인가 요양 시설에 들어갔다.

과거 젊고 건강했던 고양이 손 클럽 멤버들도 점차 도와줄 사람보다 도움을 받을 사람만 많아져서 균형이 깨지는 바람에 개점휴업 상태가 되었다.

두 사람 중 한 사람은 언젠가 반드시 홀로 남는다. 혼자인 나는 남겨진 한 사람이 어떤 선택을 하는지 가만히 지켜보고 있다.

사랑하는 호쿠토에서 마지막 날까지

60대에 이주해 온 사람들은 건강하고 젊다. 야쓰가타케 남쪽 기슭을 사랑한 나머지 이곳을 '마지막 보금자리'로 생각하고 이주해 온다. 하지만 진심으로 자신이 건강을 잃었을 때의 일 같은 건 생각하지 않는다. 나는 고령자가 주거를 고를 때는 의료 및 돌봄 자원이 그 지역에 마련되어 있는가를 살펴야 한다고 주장해왔는데, 정작 나 자신이 이곳을 찾았을 때는 털끝만큼도 그런 조건은 염두에 두지 않았다. 이주자 대부분도 사정은 마찬가지. 산이 좋고, 자연이 좋고, 등산을 하고 싶기에 이곳을 택했다는 사람이 많다. 나또한 주변에 보이는 산봉우리는 죄 한 번씩은 올랐다. 언젠가 내가 거동하지 못하게 되었을 때의 일은 조금도 생각하지 않았다. 생각했다손 치더라도 노후는 희미한 안개 저편에 있었다.

　나이 들어가는 주변 친구들에게 물어도 마찬가지였다. "이런 삶이 언제까지고 지속되진 않겠지만…" 하고서 말끝을 흐린다. 언젠가 혼자 남게 될까? 그러면 도시로 돌아가 요양 시설로 들어가게 될까? 면허증을 반납하면 이곳에서는 못 살게 되는 걸까? 어쨌든 그 전까지는 이곳 삶을 있는 힘껏 즐기는 수밖에 없다.

　사실 2004년에 합병한 호쿠토시는 나가노현과의 경계에 접한 광역 자치 단체로, 최근까지 의료 및 돌봄 과소 지역이었다. 딱 한 사람, 부모 대부터 입원 시설을 갖춘 병원을 경영하던 의사가 있어서 왕진도 와주었는데 이 의사가 지방 선거에 출마하여 정치인이 되어버렸다. 언젠가 반드시 올 노후를 대비해서 이주족끼리 모여 의료 및 돌봄에 관한 연구 모임도 열었지만, 어차피 아마추어 모임이라 머리를 맞대고 논의해도 뾰족한 수가 없었다. 다른 지역 사례를 가져온다 해도 그곳은 그곳 나름의 사정이 있으니 큰 도움은 되지 않는다. 이주족 커뮤니티에는 자주적으로 배식 서비스를 하는 '있으면 좋잖아' 등의 자조(自助) 모임이 있지만 행정 지원도 없고 지속되리라는 보장도 없다. 도시락을 만드는 것까지는 괜찮지만, 넓은 지역을 일일이 다니며 배달하는 일은 부담이 크다. 무엇보다 동절기에 눈이 쌓이거나 빙판길을 다니는 건 자원봉사자만으로는 한계가 있다.

그런데 60대, 환갑을 맞이하여 도쿄에서 의사와 간호사 커플이 이주해 왔다. 아내는 미야자키 와카코(宮崎和加子) 씨. 방문 간호의 선구자로, 도쿄에서 오랫동안 방문 간호와 치매 그룹 홈 등의 사업을 해온 베테랑이다. 또, 야쓰가타케 남쪽 기슭으로 이주해 온 의사 커플이 '숲속 진료소'를 개업했다. 이어서 일본 재택 호스피스 협회의 창립자인 의사 가와고에 고(川越厚) 씨가 이끌리듯 이주해 오더니 그 클리닉의 비상근 의사가 되었다.

60대인 미야자키 씨는 노후라는 이유만으로 한가하게 책이나 읽으며 전원생활을 즐기는 여성이 아니다. 이주해 오자마자 이 지역 복지 관계자와 네트워크를 만들어 호쿠토시에 무엇이 부족한지부터 조사했다. 사업 계획을 세워서 그룹 홈을 세웠다. 고령자를 위한 재택 방문 돌봄과 방문 간호도 사업화했다. 치매 데이 홈을 개설하여 재활 치료에 특화된 데이 서비스도 시작했다. 미야자키 씨

가 만든 일반사단법인 단단카이는 6년 동안 일곱 개의 사업소와 총 75명의 스태프를 거느린 규모로 발전했다. 덕분에 호쿠토시는 의료 및 돌봄 자원이 충실한, '자택에서 홀로 죽을 수 있는' 지역으로 변했다.

미야자키 씨는 흡인력이 보통이 아니다. 지역에서 오래 보건 행정 일을 한 덕에 지역 구석구석까지 잘 아는 퇴직한 보건사인 나카지마 도미코(中嶋登美子) 씨를 영입했다. 미야자키 씨와 일하고 싶다며 다른 지역에서 일부러 찾아온 간호사도 있고, 이 지역에서 잠시 쉬고 있는 간호사나 돌봄 종사자도 줄을 이어 모여들었다. 인재가 필요한 곳에는 인재가 모이는 법이다. 나는 지역을 바꾸는 것은 사람이라고 누누이 말해왔는데, 그것을 직접 두 눈으로 지켜보았다.

나도 미야자키 씨에게 이끌린 사람 중 하나다.

이주족 아내들도 마찬가지다. 미야자키 씨가 일으킨 사업 중 하나인 고령자 그룹 리빙*의 주차장에 벤츠가 주차되어 있었는데 점

---

* 　그룹 리빙(group living): 65세 이상의 고령자들이 모여 사는 주거 형태.

심 도우미로 온 여성이라는 사실을 알고 깜짝 놀랐다. 남편들도 예외가 아니다. 운전할 수 있는 남성은 "일주일에 한 번이라도 좋다"는 부탁을 받고 데이 서비스 마중과 배웅을 맡고 있다. 공짜로 하는 일은 아니지만 지역 최저 임금 수준의 유상 자원봉사다. 하나같이 이 일이 즐겁다며 기쁜 마음으로 일하고 있다.

지금은 도움을 주는 쪽이지만 언제 역전될지는 아무도 모른다. 자원봉사로 일하는 이주족 주민들은 이만큼의 의료 및 돌봄 자원이 있다면 자신들도 이대로 이곳에서 늙어갈 수 있겠다고 생각하고 있을까? 나의 주된 관심사는 현재 '사랑하는 호쿠토에서 마지막 날까지 보내기'다. 물론 여기에는 '나 홀로족이라도'가 더해진다.

나 홀로족의 마지막 순간

　이곳 야쓰가타케 남쪽 기슭에서 혼자 살던 고령 남성의 요양 생활을 지켜보았다. 이로카와 다이키치(色川大吉) 씨다. 향년 96세. 민중사를 주창해온 역사가다. 메이지의 민권 사상을 널리 알리기 위해 일본 전국을 누볐고 이시무레 미치코(石牟礼道子) 씨에게 부탁받아 미나마타의 환경 오염 문제에도 관여했다. 반골 기질이 있는 반(反)천황제론자인데, 그래서인지 수많은 업적에도 불구하고 결국 수훈 대상에서 제외되었다. 정년퇴직 후에도 공직으로 오라는 요청이 없었다. 하지만 그는 되레 그것을 자랑스레 여겼다.

　내가 50대에 충동적으로 야쓰가타케에 땅을 사는 것을 보고 "그 땅 어쩔 생각이야?"라고 물었다. "그러게요. 일단 놔두고 생각해보려고요"라고 대답했더니, 70대였던 이로카와 씨는 "자네의 앞으로 10년과 내 앞으로 10년은 달라"라고 말하더니 퇴직금을 털어서 금세 내가 산 땅 바로 옆에 집을 지었다. 나는 왠지 땅을 빼앗긴 기분이 들었다. 건축 확인서를 보니 토지의 주소는 기재되어 있었지만 토지 권리자의 이름을 적는 항목은 없었다. 이러면 누구 땅이든 건축 확인서는 통과될 것이다. 내 서고 겸 작업실은, 같은 부지 내에, 이로카와 씨의 집과 인접하여 지어졌다.

이전 당시 이로카와 씨는 과거 모험적인 실크로드 여행지에서 얻은 C형 감염이 진행 중이어서 "종착역은 간암입니다"라는 말을 의사에게 들은 상태였다. 서울에서 부산을 잇는 경부고속도로에 비유하자면 감마지티피 수치가 "지금은 대전 부근이에요" "아직 대구까지는 못 갔어요" 하는 대화를 의사와 나누는 상황이었다. 그런데 이사와 요양이 효과가 있었던지 혈액 속 간염 바이러스가 점점 감소하더니 거의 신경 안 써도 될 정도로 낮아졌다.

이로카와 씨는 구제고등학교* 산악부 출신의 '산 사나이'. 교토대 반더포겔** 여학생이었던 나는 산행의 좋은 파트너였고, 해외

스키장에도 함께 가는 스키 메이트였다. 기요사토(淸里) 스키장은 집에서 차로 15분. 매일 아침 가장 먼저 오는 단골 멤버 중에서는 가장 연장자였다. '이로카와 씨가 있는 동안에는 우리도 아직 괜찮다'는 생각이 들게 하는, 은발의 스키 멤버에게는 힘이 되는 존재였다. 나도 줄곧 함께했는데 그가 마지막으로 스키장에 선 것은 92세. 나도 그 나이까지 갈 수 있을까? 내심 기대하지만 전쟁 전에 단련된 몸을 어찌 당해내겠는가.

그런 이로카와 씨가 집 안에서 넘어져 대퇴골 골절을 당한 것이 2016년이다. 입원과 수술을 극구 거부하고 자택에서 요양했다. 앞서 소개한 방문 돌봄, 간호, 의료 인재가 호쿠토시에 갖춰진 이후였다는 것이 큰 행운이었다. 정기 순회 수시 대응형 단시간 방문 간

- 구제고등학교(旧制高等学校): 1894년부터 1950년까지 있었던 일본의 남학생 전용 고등 교육 기관.
- •• 반더포겔(Wandervogel): '철새'라는 뜻으로, 1901년에 독일에서 일어난 청년 학생들의 도보 여행 운동 또는 그 운동을 벌인 집단을 이르는 말. 퇴폐적인 도시 생활에서 벗어나 건강 증진, 친목 도모, 조국애 및 자연 사랑을 고취하기 위해 이루어졌다.

호 및 돌봄을 제공하는 일반사단법인 단단카이가 생긴 후, 아마도 첫 번째 이용자였을 것이다.

그로부터 3년 반. 가족과 거의 연이 끊겼던 이로카와 씨가 개호 보험을 이용하는 데 주된 역할을 담당한 사람은 바로 나였다. 그는 시설에 들어가는 건 고사하고 데이 서비스나 단기 체재도 거부했다. 그래서 아침, 점심, 저녁 하루 세 번 방문 돌봄에 가입하고, 방문 목욕 서비스도 신청했다. 일본의 개호 보험이 너무도 훌륭해서 감탄했다. 방문객에게는 "이 사람은 돌봄 전문가인데"라고 나를 소개했다. 그건 틀림없다. 더불어 "우에노 씨는 지금 이론을 실천 중이에요"라고 유머러스하게 덧붙였다. 반론의 여지가 없었다.

이대로라면 자기 집에서 혼자 살다가 마지막 순간을 맞이할 때까지 이곳에 살 수 있지 않을까? 면허증을 반납해도 어차피 외출은 어렵다. 곤란한 점은 이곳에는 몇 년에 한 번, 도우미들의 차도 들어올 수 없을 만큼 폭설이 내린다는 점이다. "그럴 때는 어쩌죠?"라고 케어 매니저(개호 지원 전문 요원)가 물었는데, 손에 닿는 곳에 비상식과 마실 것을 두고 구급대가 오기까지 며칠간 버티기로 했다.

어차피 전쟁도 경험한 세대인데 이 정도 고난은 견딜 수 있겠지.

휠체어 생활을 한 지 3년 반. 여기에 코로나 사태가 겹쳤다. 도쿄와 야쓰가타케를 오가던 나는 산속 집으로 중심축을 옮겼고 일은 대부분 온라인으로 처리했다. 그때부터 이로카와 씨의 요양 생활을 지켜보는 것 또한 나의 일이 되었다.

애초에 이로카와 씨나 나나 혼자 산 기간이 길어서 혼자 지내는 데는 이력이 나 있었다. 사람을 안 만나도 괴롭지 않았다. 코로나 사태가 가져다준 정적 속에서 사계절의 변화를 찬찬히 음미하며 이로카와 씨를 돌보는 나날은 인생 최고의 행복이었다. 좋고 싫음이 확실한, 그 꼬장꼬장하고 고고한 노인. 이유는 모르겠지만 그와 친해진 것이다.

나와 이로카와 씨의 나이 차는 스물세 살. "내가 마지막 순간을 맞이할 때도 스물세 살 아래의 누군가가 내 곁에 있어주려나"라고 나도 모르게 중얼거리는 소리를 듣더니, "괜찮아. 자네는 괜찮을 거야"라며 근거 없이 낙천적인 답이 돌아왔다. 제발 그랬으면 좋겠다.

맺음말

50대에 땅을 사서 집을 지었다. 아파트를 전전하는 생활이었기에 내가 마당이 딸린 단독 주택을 지으리라는 생각은 하지도 못했다. 땅값이 비싼 도쿄에 지을 생각은 아예 없었다. 야쓰가타케 남쪽 기슭이라는 자연이 더없이 아름답고, 도쿄와도 가까운, 지리적 이점이 있는 땅에 매료되었다.

그로부터 약 20년. 근무했던 도쿄와 집을 지은 야쓰가타케 남쪽 기슭을 왕복하는 '두 집 생활'을 했다. 다행히 대학교수라는 직업은 여름 방학, 겨울 방학, 봄 방학이라는 장기 휴가가 있다. 덕분에 봄 여름 가을 겨울, 장기간 지낼 수 있었다. 시골살이라고는 하지만 지역 주민의 커뮤니티에 들어가는 것은 아니다. 피시만 있으면 어디서든 일은 할 수 있는, 이를테면 자연 속 도시살이다.

충동적으로 산 땅에 투바이포 수입 주택을 짓고 몇 년을 지내다 보니 이곳의 매력에 눈을 떴다. 마치 첫눈에 반해 같이 살기 시작한 상대가 생각보다 훨씬 매력적이었다는 걸 날마다 새삼 깨닫고 득을 보는 기분이랄까. 산속 마을 늦은 봄의 아름다움과 그것이 가져다주는 기쁨은 더할 나위 없다. 봄부터 여름에 걸쳐 짙어지는 녹음에서는 생명력이 뿜어져 나온다. 잎을 떨구며 점점 환해지는 가을 숲의 낙엽을 밟으면서 걷는 일은 너무도 행복하다. 무엇보다 두려웠던 겨울은 쨍하게 맑은 하늘도, 바늘로 찌르는 듯한 냉기도 최고였다. 하지만 살아보고 나서야 비로소 알게 되거나 깨닫게 된 자연 속 삶의 힘듦과 문제도 경험했다. 그 자세한 내용은 본문에다 썼다.

책이나 에세이를 많이 써왔다. 하지만 사적인 삶에 대해서는 지금껏 거의 쓰지 않았다. 정보지에서 연재를 해달라는 의뢰가 들어오자, 지난 20여 년의 경험을 써보고 싶어졌다. 이 정도 시간이 흘렀으니 베테랑 두 집 생활자라고 불러도 좋으리라. 앞으로 두 집

생활을 해보고 싶은 사람들에게 도움이 될 수도 있다. 연재하는 동안 함께해준 독자들에게 감사드린다. 그리고 야마구치 하루미(山口はるみ) 씨의 일러스트는 이 연재에 매번 놀라움과 색채를 더해주었다.

마지막으로 연재 담당 편집자인 미즈마 겐타(水間健太) 씨에게 정말 신세를 많이 졌다. 연재할 때부터 단행본으로 출간하자고 말해준 이나바 유타카(稻葉豊) 씨에게도 고마움을 전하고 싶다. 오랫동안 동경의 대상이었던 야마토케이코쿠샤(山と溪谷社)에서, 처음으로 책을 내게 되어 기쁘다.

우에노 지즈코

初　出

『てんとう虫／express』(現『SAISON express』)
1コロナ禍の山暮らしで：2021年9月号／2いつのまにか山梨愛に……冬の明るさを求めて：2021年10月号／3花の季節：2023年5月号／4ガーデニング派と家庭菜園派：2022年5月号／6冷房と暖房：2022年3月号／7上水と下水：2022年4月号／8虫との闘い：2022年6月号／9八ヶ岳鹿事情：2022年7·8月号／10夏の超簡単クッキング：2022年9月号／11ゴミをどうするか？ それが問題だ：2022年12月号／12本に囲まれて……：2021年11月号／13移住者のコミュニティ：2021年12月号／14猫の手クラブの人々：2022年2月号／15銀髪のスキー仲間：2022年1月号／16大晦日家族：2023年1月号／17オンライン階級：2022年11月号／18多拠点居住：2023年2月号／19免許証返上はいつ？：2022年10月号／21中古別荘市場：2023年6月号／22おふたりさまからおひとりさまへ：2023年3月号／23大好きな北杜で最期まで：2023年4月号／24おひとりさまの最期：2023年7·8月号

5蛍狩り：NHK出版連載ウェブ連載『マイナーノートで』#15「蛍狩りと鮎」から改稿(2022年6月22日) https://nhkbook-hiraku.com/n/n230569a55855／20クルマ道楽：書き下ろし

산기슭에서, 나 홀로

초판 1쇄 인쇄 2025년 1월 20일
초판 1쇄 발행 2025년 2월 20일

지은이 우에노 지즈코
옮긴이 박제이
펴낸이 이종호
편 집 김미숙
디자인 씨오디
발행처 청미출판사
출판등록 2015년 2월 2일 제2015-000040호
주 소 서울시 마포구 토정로 158, 103-1403
전 화 02-379-0377
팩 스 0505-300-0377
전자우편 cheongmipub@daum.net
블로그 blog.naver.com/cheongmipub
페이스북 www.facebook.com/cheongmipub
인스타그램 www.instagram.com/cheongmipublishing
ISBN 979-11-89134-41-9 03830